Rita Massaro, Maria Sp

Ogni notte a New York

Romanzo

KDP

Ogni notte a New York
© 2021 – Rita Massaro, Maria Spatola, Monica Spatola
ISBN: 9798506537366

Edizioni KDP

Senza regolare autorizzazione è vietata la riproduzione anche parziale o a uso interno didattico, con qualsiasi mezzo effettuata, compresa la fotocopia.

Editing, impaginazione e grafica a cura de Il Velo Dipinto
Di Rita Massaro e Monica Spatola
www.ilvelodipinto.it

I edizione maggio 2021 – II edizione novembre 2021

Ai sognatori

1

-2001-

Sono circondata dalla folla, decido di seguirla. Tutti quanti si dirigono verso le ampie porte a vetri bordate di giallo, sono tappezzate di cartelli, avvisi. È vietato fumare. Al mio fianco c'è una famiglia con un carrello traboccante di valigie, borse, borsoni e zainetti dalle tinte sgargianti, forse si trasferiscono all'estero. Il padre dei bambini ha un'espressione tesa, un po' corrucciata, mentre la madre sorride ai figli e distribuisce loro dei crackers. Una donna con i capelli unticci mi osserva, come se aspettasse di vedere se entrerò. Ricambio lo sguardo fino a che non si volta. Metto a fuoco il tabellone: Aeroporto Leonardo da Vinci, Roma Fiumicino. Tengo ben stretto il mio bagaglio e mi assicuro di avere tutti i documenti; tasto le tasche del mio soprabito nero per verificare che siano al loro posto, pronti per essere esibiti.

Vent'anni fa vivevo in America, ero una piccola newyorkese, ma questo accadeva prima che i miei genitori mi rendessero un'immigrata, prima che mi portassero con loro in Italia.

C'è un cicaleccio assordante qui dentro, ci sono troppi colori e ho freddo. M'incammino col mio trolley cercando di individuare il mio terminal. Vedo un gruppo di ragazzi, sembrano francesi, stanno tutti fissando uno schermo. Ecco il mio volo, FCO-JFK delle 6:30, terminal 3.

Non faccio che ballare da un piede all'altro, che frenesia. Io e Sòfia posiamo gli occhi l'una sull'altra, siamo complici, potrei ridere e piangere indifferentemente. Sòfia indossa un ampio caftano verde con disegni floreali oro e avorio; ha un corredo di bracciali che le arriva al gomito e un campanello come ciondolo (perderà un'ora di tempo per sfilarli e riallacciarli tutti, quando dovrà passare i controlli, ma sono sicura che non gliene importa nulla). I suoi folti capelli rossi le ricadono fluenti sulla schiena e so che non appena saliremo sull'aereo li arrotolerà in maniera approssimativa legandoli con un foulard. Ai piedi indossa delle espadrilles giallo ocra, non ha un filo di trucco, come si conviene a una femminista convinta, questo le dona un fascino speciale: oggi è radiosa. Dal canto mio, ho afferrato alcuni vestiti dal guardaroba di mia sorella Luana, un po' meno idealista di Sòfia, che ha una particolare propensione allo shopping. Per ciò che ne sa, ho preso in prestito i jeans che indosso e la maglia corallo con lo scollo a barca, s'intona bene con i miei colori scuri e la mia pelle olivastra, mentre trovo che faccia a pugni col suo incarnato lattiginoso e i capelli biondo scuro; le ho fatto un favore. Quando aprirà le ante a specchio scoprirà altre cortesie che ho avuto nei suoi riguardi, sono stata molto generosa. Non compra mai abiti comodi, scarpe con cui si possa camminare o soprabiti caldi. Le faccio sempre notare quanto sia stupido acquistare solo abiti per le occasioni, però mi torna utile quando c'è un evento e mi necessita un abito più consono. Il mio armadio offre solo jeans, tute, sneakers o ballerine con la suola gommata.

C'è ancora tempo prima che il volo parta, stanotte non ho dormito e ora non credo a ciò che vedo. Ho la vista appannata, sono stordita dall'emozione, e sono qui. Ho atteso a lungo questo momento. C'è una fiumana di gente da ogni parte del mondo e anch'io questa volta sono diretta verso una meta internazionale. Io e Sòfia partiremo per New York... non vedo l'ora.

Questo viaggio è un desiderio che si realizza, servito come un dolce a conclusione di un pasto salutare; ora che ho terminato gli studi, rimando i progetti futuri, la noia di dover trovare un impiego... tutto quanto posticipato al mio ritorno. Non m'interessa altro, è il mio momento, sono nata lì e finalmente, dopo vent'anni, potrò rivedere e toccare ciò che mi appartiene.

Tutta la mia famiglia è qui e la mia più cara amica partirà con me. Gliene sono grata. Mia madre ha la faccia tirata, un misto tra commozione e ansia; accanto a lei le mie sorelle, Luana e la piccola Emily. Mio padre è agitato perché non mi sono lasciata convincere ad assicurare i nostri bagagli.

Sòfia si guarda intorno e mi sussurra: «Meg...», ma la domanda le muore in bocca, mi poggia una mano sul polso e fa un'alzata di spalle. So cosa voleva dirmi e lo ha percepito anche mia sorella, non sarà la più sensibile tra le donne, ma certe cose non sfuggono nemmeno a lei.

Jacopo non c'è, non è venuto, non riesce a superare la sua fobia per l'aereo.

«Non è venuto nemmeno a salutarti, avrebbe almeno potuto accompagnarti...», mi dice Luana.

«Ha paura, Lu, rispetto questa cosa, alla fine non posso farci nulla. Ti prego, non parliamone più; non voglio note amare in questo giorno. Parto per New York!»

«Maggie, è l'ora dell'imbarco, forza!», urla improvvisamente Sòfia.

Salutiamo tutti con abbracci e baci, e saliamo sulle scale mobili per dirigerci al gate, mi giro ancora indietro e sorrido a papà, ora sembra commosso anche lui. Il pensiero dell'America lo rende nostalgico, ha trascorso lì la sua giovinezza. La mamma è serena, lei sta bene in Italia. Luana accenna un mezzo sorriso ed Emily saltella gioiosa agitando le braccia, mi aveva pregato di portarla con me.

Ho una stretta allo stomaco. Siamo sedute accanto, e guardando Sòfia adesso mi rendo conto che è vero: camminerò a New York, visiterò la chiesa in cui sono stata battezzata, m'immergerò nei profumi che mi hanno accompagnata nei miei primi anni di vita. Sono sopraffatta, non appena l'hostess comincia a parlare mi rilasso ipnotizzata dal brusio di sottofondo.

Sbrigati gli obblighi di dogana, preleviamo le nostre valigie dal nastro trasportatore e usciamo verso la zona degli arrivi. L'aeroporto è di dimensioni vastissime e sospiriamo di sollievo quando giungiamo finalmente all'aria aperta. Siamo entrambe visibilmente troppo disorientate per prendere l'AirTrain, così ci dirigiamo verso le file di taxi incolonnate sotto la pensilina di cemento.
È ancora mattina qui a New York.
Mentre il taxi ci porta al Manhattan Hotel, i raggi del sole si adagiano sulla città, portando alla luce i particolari della sua bellezza. L'auto percorre una strada molto ampia e trafficata, e poi appaiono i grattacieli immensi che fanno sparire le piccole costruzioni, gli autobus, gli alberi e vediamo il parco, il mare, il ponte di Brooklyn, la Statua.
Il Manhattan Hotel sorge sulla quarantottesima, nei pressi del Rockefeller Center. Ci accoglie un uomo sulla cinquantina, porta sulla giacca una targhetta con su scritto: "Bill Turgan, italian guest". È un uomo alto e stempiato, con un simpatico accento italo-americano. Bill sfoggia un caloroso sorriso e ci accompagna alla reception. Ci viene assegnata la camera 48, una doppia. C'è un grazioso balconcino rivestito di mattoncini gialli da cui si può ammirare il gioco di specchi e luci riflesse dagli edifici.

Io e Sòfia ci rinfreschiamo velocemente e facciamo colazione in hotel.

Nella sala ristorante è allestito un profumato buffet con pancake caldi e sciroppo d'acero, cereali, torte glassate alla cannella, uova e bacon, arrosto di tacchino e patate, salsicce, succhi, ciambelle di ogni colore, pane tostato, caraffe in vetro colme di caffè.

«Che te ne pare!?», dico rivolgendomi a Sòfia e mi rendo conto che è la mia prima parola da quando siamo atterrate. Sòfia si scruta intorno e mi sorride: «Non male».

Guardo gli astanti che si accentrano impigriti al buffet, affondo la forchettina nella mia fetta di torta; l'aria è satura dell'odore del caffè e ho gli occhi lucidi, mi sento parte di qualcosa, mi sento a casa.

«Vorrei visitare i luoghi della mia infanzia, il quartiere dove abitavamo, il minimarket, la Chiesa, la scuola».

«Potremmo andare domani? Siamo scombussolate dal fuso orario, oggi converrà restare in centro per un tour più soft. C'è tanto da vedere: l'architettura, i musei, i parchi».

«Central Park!», stabiliamo concordi.

Andiamo alla reception e Bill ci dà un opuscolo informativo contenente una mappa di Manhattan e ci fornisce pazientemente le indicazioni per giungere a quello che, sul reticolato, sembra essere un piccolo fazzoletto d'erba nel cuore della metropoli.

«Allora… Bill, uscendo da qui, imbocchiamo la quarantanovesima, poi Park avenue, a destra sulla quarantottesima e in pratica siamo su Rockefeller Plaza, è corretto?»

«Sì, miss, è giusto, e poi Park avenue per il Central Park, lì troverete un punto informazioni».

«Grazie, Bill, grandioso, a più tardi».

Fisso la cartina per memorizzare il percorso.

«Sòfi, mi sembra chiaro; dammi solo un attimo, vado a prendere lo zaino in camera e dobbiamo per forza entrare da Starbucks».

«Non dimenticare la macchina fotografica».

Boom!

Un impatto.

Due occhi meravigliosi mi fissano.

Apro i miei.

-2020-

«Ma dove? Dove… dove sono?»
Una triste consapevolezza mi assale. Un sogno, di nuovo, sembrava tutto così reale questa volta.
«Mamma, *maaamma*?», alla porta della camera da letto fa capolino una testolina bruna dai capelli arruffati che mi riporta, nolente o volente, alla mia cruda esistenza.
«Sì, Emma. Eccomi, amore», rispondo ancora non del tutto lucida.
Sento che affiorano alla mia mente mille pensieri, mi figuro una lista delle cose da fare, compio un grande sforzo per cacciare via le immagini di quel fastidioso sogno. Dunque: quarantatré anni, sposata, due bambini. Soddisfatta del mio resoconto torno a essere operativa.
«Mamma, è tardi, dobbiamo andare a scuola», urla Lucas dal bagno con la voce impastata di dentifricio.
«E papà?», chiedo ai bambini, scorgendo l'altro lato del letto vuoto.
«È già sceso».
Annuisco a Emma mentre aiuto Lucas a cercare in giro le sue scarpe, disseminate in due camere diverse.
Indossando i jeans e la maglia del giorno prima, dò un'occhiata furtiva alla sveglia sul comodino, e mi rendo conto di aver fatto troppo tardi, maledizione!
Accarezzo con volontà contrastante quella leggerezza di essere riportata nel sogno a riavere ventiquattro anni. La libertà, il viaggio. Ho una strana sensazione addosso che continua a interferire nel mio cervello, era tutto talmente nitido, sento ancora quegli odori, la glassa delle ciambelle…
È ingiusto, credo che la situazione abbia del patetico: sono una newyorkese che non conosce la sua città, sono nata lì, posseggo la social security! La dura realtà è che sono figlia di immigrati, i miei vivevano lì e sono tornati in Italia quando io

avevo quattro anni. Non ricordo molto dell'America, ho solo alcune immagini frammentate che risiedono incastonate nella mia memoria. Ho un grande rimpianto: non essere mai tornata lì, per una serie di sfortunati eventi, primo tra tutti avere un marito che ha paura di volare. Ho sempre fatto questo sogno, ma al massimo arrivavo all'aeroporto col passaporto scaduto o dimenticato a casa. Stavolta il mio subconscio è stato più determinato. Questa volta ho visto il panorama che mi scorreva davanti dal taxi, Bill, la colazione e quegli occhi... Chi era? Cerco di sforzarmi di ricordare altro, ma nulla. Questa dimensione surreale mi segue mentre svolgo la mia frenetica routine giornaliera, quando accompagno i ragazzi a scuola e mentre cammino verso il mio negozio.

Da quindici anni gestisco una piccola libreria in un quartiere della periferia di Roma.

«Ciao, caro, ho fatto tardi, mi sono addormentata». Lui è seduto lì alla sua scrivania, già al lavoro: si occupa della contabilità e degli ordini, controlla le ultime novità e le prenota. Jacopo è sempre stato un bell'uomo, all'università portava i capelli lunghi, legati in una coda morbida e aveva un fascino ribelle, vestiva con aggressive t-shirt e jeans ampi. Adesso porta i capelli corti, sono meno biondi di allora, ha il pizzetto spruzzato di bianco e il suo abbigliamento è più formale. Lucida persino le scarpe.

«Ho bisogno di un caffè forte, oggi. Ti va di fare una pausa?»

«Sì, dammi solo un secondo», dice.

È una giornata splendida, il sole scalda piacevolmente i nostri corpi, l'estate è alle porte. Roma è densa di turisti in questa stagione, vorrei poter vedere la città attraverso i loro occhi o gli obiettivi delle loro macchine fotografiche, con la stessa meraviglia, ma è casa mia. Non sono in viaggio, devo lavorare e occuparmi dei ragazzi. Ci sediamo al solito tavolo e in fretta ci viene servita la colazione.

«Ho sognato di nuovo che partivo per New York, un sogno particolare, molto nitido e dettagliato; stavolta ci arrivavo, credo sia la prima volta. Nonostante abbia fantasticato molte notti su questo viaggio, non mi è mai capitato di riuscire a visitare la città… Che ne pensi?»

Non risponde, alzo lo sguardo e solo adesso noto che non mi sta ascoltando, che è smarrito nei suoi pensieri.

«Cosa dicevi?», mi chiede poi.

«No, niente di che».

«Torniamo al lavoro?»

«Finisco il mio caffè e arrivo».

Lo osservo e mi chiedo cosa ci sia successo, si comporta come se non mi vedesse più; è preso dal lavoro, anche se va tutto bene, la libreria ci rende quel tanto che ci basta per non far mancare nulla ai ragazzi. Non sguazziamo nell'oro, ma siamo felici di ciò che abbiamo realizzato, nessuno dei due ha brama di ricchezza.

Amo ogni centimetro di questo luogo, dagli scaffali artigianali in legno d'ulivo alle piccole vetrine curate, il campanellino che tintinna sulla porta d'ingresso, l'assortimento di libri e cancelleria, la zona dedicata alla letteratura per l'infanzia… il negozio vestito a festa durante il periodo natalizio. Apprezzo i ritmi lenti dei miei clienti, li osservo mentre sfogliano le prime pagine di un romanzo, e ogni volta che un cliente tocca un libro ho l'impressione di assistere a un primo appuntamento: c'è silenzio e musica di sottofondo, a volte è un incontro fugace, a volte nasce qualcosa e quel libro farà una storia nuova.

2

-2001-

Eccolo, finalmente! Il Central Park... non posso credere di essere qui. È come l'ho sempre immaginato, nessun documentario o film gli rende piena giustizia, è un luogo ammaliante. La giornata è splendida, la luce ci abbaglia, il parco è invaso da turisti e newyorkesi sdraiati sull'erba a prendere il sole, a leggere un libro. Alcuni fanno picnic, altri giocano a pallone, i bambini fanno volare gli aquiloni. Le panchine sotto l'ombra dei grandi alberi di quercia rossa costeggiano i lunghi viali boscosi e tutto questo verde è in perfetto contrasto con la metropoli.

«Andiamo al ponte sospeso» esclamo, incantata. «Dopo possiamo fare un giro in barca sul lago».

«Calma, Maggie, calma! Siamo qui, abbiamo tutto il tempo... non c'è bisogno di correre», Sòfia cerca di quietarmi, ma la mia eccitazione è incontrollabile.

Bip, bip... accidenti, cos'è questo rumore fastidiosissimo? Ah, ecco, qui è pieno di gente che fa jogging con il conta battiti da polso.

«Vieni, credo convenga procedere da questa parte», Sòfia interrompe i miei pensieri. «Si dovrebbe arrivare direttamente al lago e da lì, possiamo prendere una barca e goderci questa benedetta giornata».

«Ok, ok, non perdiamo tempo», dico non riuscendo a trattenere un ampio sorriso e mi metto a correre nella direzione indicata da Sòfia.

Considerata l'immensità del parco, arriviamo velocemente. Eccoci, da qui si può ammirare lo skyline incorniciato dal verde più famoso del mondo. La Grande Mela si apre invitante innanzi ai miei occhi e io sono pronta a morderla fino in fondo.

Gironzoliamo un po', poi ci avviciniamo a una delle barche e chiediamo il costo del noleggio.

«Mio Dio, tu hai mai remato?» scherza Sòfia, fingendosi preoccupata.

«No, ma cosa vuoi che succeda? Al massimo faremo un bagno con i cigni in questo specchio d'acqua!»

Siamo al centro del lago, adesso. Da lontano giunge il mormorio della gente, le urla dei bambini, il cinguettio degli uccelli, persino il rumore dell'acqua sembra distante nonostante sia sotto di noi.

«Sòfia, è questo il Paradiso?»

La mia amica è a faccia in su, con gli occhiali da sole. Si sta rilassando o vuole abbronzarsi? Poi, sembra risvegliarsi: «Mi è venuta fame!»

«Ci sarebbe quel simpatico ristorantino sul lago, quello vicino ai noleggi delle barche».

«Sì, l'ho notato anch'io. Affare fatto, andiamo lì... Ma che fai, Maggie? Rema dall'altra parte, così finiamo in mezzo al lago!»

Scoppiamo a ridere entrambe. Qualcuno verrà a salvarci? Nei film americani, a questo punto, arriva un uomo fin troppo bello a tirarti fuori dai guai. E, invece, io e Sòfia ci salviamo da sole, riusciamo a tornare a riva senza particolare fatica.

Ci affrettiamo a prendere posto e mi diverto lasciando che sia Sòfia a ordinare, col suo inglese farfugliato.

«Italian?», ci domanda poco dopo un uomo sulla quarantina, con pochi capelli biondicci e il viso abbronzato.

«Yes, oh sì, sì, italiane. Lei parla italiano?»

«Oh sì, signorine», esclama entusiasta. «Mi chiamo Vito, sono lo chef del ristorante; quando ho sentito che avevamo al tavolo due ragazze italiane, mi sono precipitato».

«Io sono italiano, di Napoli», continua, «ma vivo e lavoro qui da vent'anni, e quando sento il profumo della mia terra divento nostalgico. Posso farvi un po' di compagnia?»

«Certo, si accomodi, per noi è un piacere, ma non deve lavorare?»

«Monto fra un'ora», risponde tranquillo. «Ditemi, cosa fate? Siete qui in vacanza?»

Gli raccontiamo in breve i motivi del nostro viaggio a New York. Quando sente che è il nostro primo giorno, ci fa un elenco di cose che dobbiamo assolutamente vedere.

Restiamo lì a parlare con quell'uomo almeno per un'ora. Ci narra della sua esperienza a New York e dell'emozione di lavorare nel cuore del Central Park. Ma ci racconta anche di come sia diverso vivere nella metropoli, rispetto all'ideale utopico che si percepisce dai film o dai romanzi.

«È una delle città più care al mondo, gli affitti e il costo della vita sono elevatissimi e devi lavorare parecchio per sostenere le spese e pagarti l'assicurazione sanitaria. Alla fine della giornata, sei talmente stanco che non vedi l'ora di andare a dormire. Però, quando sono libero, questa città offre parecchie possibilità per rilassarsi o divertirsi: mostre e spettacoli, spazi verdi e aperitivi nei locali alla moda. L'aspetto più prezioso del vivere qui è avere l'opportunità di incontrare gente di tutto il mondo. Quando sei a New York vivi in un microcosmo: trovi di tutto».

Prima di andare via lasciamo allo chef Vito un profumo di zagara siciliana per sua moglie; Sòfia ne tiene sempre una boccetta in borsa.

Siamo davvero stanche, adesso torniamo in albergo.
Boom! Un altro urto. È lo stesso tipo di stamattina.

-2020-

Quell'urto... cos'è? Mi sveglio di soprassalto. Dove sono? Non... ma... che cosa assurda, ancora il sogno!

Tutti dormono ancora, mi alzo e vado a fare una doccia, forse mi schiarirà le idee. Mi sento un po' turbata. Un'altra notte a New York, ma anche questo sogno è diverso: è stata la continuazione esatta di quello precedente, come la seconda puntata di una serie TV. Sembrava tutto così vivo... i luoghi, i suoni, gli odori, i sapori. Mentre l'acqua scorre sulla mia pelle, devo sforzarmi per convincermi che uscendo dal bagno non mi ritroverò nella camera del Manhattan Hotel, con una magnifica vista sulla city. E quell'uomo, chi è? Perché continuo a scontrarmi con lui? Non vale neppure la pena di darsene pensiero, che scema! È solo una fantasia; ma voglio chiamare Sòfia. Le racconterò questa stranezza, chissà cosa mi dirà. Non la sento da qualche giorno.

«Stamattina non verrò in libreria», comunico a mio marito, «ho delle commissioni da fare». In realtà sono ancora troppo turbata per parlare con la gente stamattina.

La casa si è svuotata. Jacopo è uscito con i ragazzi. Li accompagnerà lui a scuola.

«Ciao, Sòfi, come stai?»

«Buongiorno! Io insomma... E tu?»

«Perché? Cos'è successo?»

«Nulla di che, sto passando un brutto periodo al lavoro, qui al giornale tutto è cambiato», risponde lei con una voce che non mi piace, «è stato acquisito da una compagnia americana».

All'altro capo del telefono sento pronunciare il suo nome.

«Sì, arrivo», risponde lei, poi continua rivolgendosi a me: «Tu, Meg, cosa mi racconti?»

«Sento che ti chiamano».

«Sì, è il mio collega, mi sa che devo riattaccare, ma dovremmo incontrarci».

«Se sei libera oggi pomeriggio, possiamo prendere un caffè?».

«Oggi non posso, però domani mattina ho un servizio nella tua zona».

«Perfetto! Pranziamo insieme?»

«Va benissimo. Allora, a domani. Ora scappo, baci», conclude affettuosa.

Ho cambiato idea. Non mi va di rimanere da sola a casa tutta la mattina. Mi vesto, mi trucco per tirarmi su, mi metto in macchina e mi dirigo verso la libreria; adoro il mio lavoro, mi piace parlare con la gente, consigliarla, leggere nei tempi morti, quando non entrano clienti. A volte, quando leggo, mi ritrovo pericolosamente a estraniarmi, può capitarmi di essere così presa dalla storia da non percepire più ciò che mi circonda; quindi per me è fondamentale che la gente esca con il libro giusto dal mio negozio.

Quando entro, Jacopo non si sorprende neppure di vedermi. Mi avrà ascoltata stamattina, quando gli ho comunicato che non sarei venuta? Continua a essere strano, distante... che gli sta accadendo? Grazie al cielo, non ho il tempo di perdermi troppo nei labirinti mentali prodotti da certe domande che fanno male.

Entra una cliente, una ragazza simpatica, fra i venti e i trent' anni, che ha tutta l'aria della studentessa.

«Scusi, potrebbe consigliarmi? Cerco una lettura estiva, non troppo impegnativa, ma che sia una storia coinvolgente».

«Certo, seguimi, ti faccio vedere. Questa è la zona espositiva delle letture estive», le mostro fiera uno dei miei reparti preferiti.

Guardiamo insieme un po' di libri. Parlando con lei, cerco di individuare quale sia l'autore giusto da indicarle. Le propongo le ultime novità e le do spazio per riflettere.

È fatta, ha deciso.

«Grazie della pazienza e dei consigli, signora».

«Di niente», rispondo. «Quando torni, mi fai sapere se ti è piaciuto».

Questa sera siamo a cena a casa dei miei, è il compleanno di mia sorella Emily, la più piccola. Oggi compie trent'anni e da dieci lavora come receptionist in un albergo in centro. Il suo sogno? Vivere a New York, dentro Brooklyn, e abitare in una villetta vicino al ponte, lavorare per il Ritz Carlton Hotel, di fronte il Central Park... ossessione di famiglia.

La serata trascorre serena, stiamo a tavola cercando di smaltire i piatti abbondanti e gustosi preparati da mia madre e dalle mie sorelle. La cucina è un'altra passione che ci accomuna, è casa.

Eppure noto qualcosa di strano. Non c'è il solito entusiasmo. Chiacchiere e risate non mancano, ma c'è un sottofondo che mi sfugge. Che ci sia qualche difficoltà di cui non vogliono parlarmi? E perché mai? Jacopo è sfuggente, sembra addirittura preoccupato. Forse i miei hanno notato qualcosa, la distanza fra noi... magari sospettano che ci sia qualche problema?

In cucina, mentre prepariamo le candeline sulla torta, chiedo a Luana.

«Che succede? Mamma ha qualche problema di salute? O, forse, papà?»

«No!» mi guarda basita. «Come ti viene in mente?»

«C'è un'aria strana stasera, avete una sorta di mugugno... vi gira storta?»

«Ma no, è che questo caldo ci sfianca. E siamo solo a fine maggio. Mamma e papà sono anziani, ne soffrono. Questa storia del riscaldamento globale dovranno pur affrontarla una volta per tutte!»

«Mi stai diventando ecologista? E da quando?»

Mia sorella Luana, modaiola, fanatica delle pellicce, non ce la vedo proprio in questa nuova veste ambientalista. Che sia stata influenzata da sua figlia, da anni iscritta al WWF?

«Arianna mi scrive da Parigi che la temperatura sfiora quasi trentacinque gradi, un'ondata di caldo eccezionale! E lei sta tutto il giorno in giro con i suoi amici».

«Arianna ha vent'anni, Luana! Troppo giovane per soffrire il caldo e abbastanza grande per non saper badare a se stessa. È lì per studiare, non credo se ne vada in giro tutto il giorno».

«No, certo… andiamo, ora, o le candeline si squaglieranno sulla torta».

In auto, di ritorno a casa. I ragazzi si sono addormentati sul sedile posteriore. Jacopo è silenzioso come sempre, ultimamente. Io guardo fuori dal finestrino: comitive di ragazzi, con le birre in mano, fanno baldoria. Mi prende un'improvvisa nostalgia dei miei ventiquattro anni. Quasi quasi, non vedo l'ora di addormentarmi per rituffarmi nel mio sogno. Che sia questo, alla fine? Un desiderio di fuga dal presente? Da quando la realtà non mi piace? Cos'è quest' insoddisfazione che mi attraversa le viscere?

A letto, noi due, lui ascolta musica con gli auricolari, io con in mano un libro che non riesco a leggere.

«Jacopo, cosa c'è che non va?»

Non mi sente. Gli strappo un auricolare.

«Ehi! Sei impazzita?»

«No, scusa, ma… Voglio capire che hai. Sei distante, sembri preoccupato, se c'è qualcosa che non va, lo voglio sapere».

Mi guarda, incapace di esprimersi, come se stesse cercando qualcosa da inventarsi.

«Non c'è niente che non va, smettila, sono solo stanco», sbotta infine.

«Ci sono problemi con le entrate della libreria? Con il prestito?»

Jacopo si è sempre occupato del lato finanziario della nostra attività, io me ne sono volutamente tenuta fuori. Mi annoiano i numeri e tutte le questioni legate all'amministrazione. Mi sono sempre dedicata soltanto ai libri, trascurando il resto.

«No, ti ho detto che è tutto a posto. Abbiamo chiesto un rifinanziamento, ma è stato l'anno scorso... Ora lo stiamo pagando».

«Perché non me ne hai parlato?»

«Perché avrei dovuto? Ora t'interessa discutere della gestione finanziaria? È il mio lavoro, ce la faccio benissimo da solo. La libreria va bene, non hai motivo di essere così ansiosa».

«E, allora, che altro c'è?»

«Stai scherzando? Mi sembra di averti già detto che non c'è niente! Lasciami in pace, sono stanco».

Si rimette l'auricolare. Discussione terminata.

Stanco di cosa? Stanco di me, di noi? Forse dovrei domandarglielo. Ma non stasera, non ho il coraggio. Voglio tornare a New York, adesso...

Forse ha ragione lui, forse sto impazzendo.

3

-2001-

Brooklyn vuol dire visitare Dumbo per me, erano secoli che pianificavo un tour in questa zona; ora mi trovo proprio sotto il Manhattan Bridge, che spettacolo! Sòfia appare trasecolata di fronte all'antica giostra coi cavalli, non fa che scattare foto da quando siamo arrivate, il che mi torna assai comodo, posso girare liberamente non dovendomi preoccupare di immortalare tutto. Quando torneremo trasformeremo questi scatti in diapositive da vedere e commentare con amici e parenti. Pregusto già il momento, immagino la reazione di papà, di Emily e Luana, penderanno dalle mie labbra. Una parte di me, però, si spegne al pensiero di tornare a casa e vorrei con tutte le forze essere più coraggiosa e rimanere qui. Sì, è così…

Un pensiero doloroso arresta il mio entusiasmo come un veleno: Jacopo, lui non ha mai capito. L'amore incondizionato esiste davvero? Ha sempre schivato la conversazione quando parlavo di New York, come se non parlandone avrei potuto sopprimere questo sogno. Ultimamente parla solo della libreria che vorrebbe aprire, non che mi dispiaccia, però non so se sono pronta a prendere decisioni definitive, assumermi responsabilità economiche… Vorrei lasciare uno spiraglio aperto per esplorare le mie possibilità. Lui è deciso, invece.

Jacopo non vede macchie sul suo futuro, i suoi obiettivi sono ben fissati, mi sono innamorata proprio di questa sua serenità e determinazione a essere felice. A volte lascio che la sua fiducia diventi la mia, perché mi stanco di gestire le mie insicurezze e le mie incertezze. Mi allontano da Sòfia con la scusa di guardare l'orizzonte di Manhattan da questa prospettiva. Faccio un respiro profondo, asciugo una lacrima solitaria, non voglio pensare a lui mentre sono qui, devo solo capire a cosa aspiro. Guardo davvero quello che ho davanti ed è come posare gli occhi su un futuro alternativo, ricco di promesse sincere.

«Perché non ci hanno cresciute qui?», mi lamento, non riuscendo a trattenermi. È un pensiero che risiede in un angolo della mia testa da quando il mio sguardo si è posato sul ponte. «Sono furiosa con i miei genitori che mi hanno privato di questo splendore. Come diamine avrà fatto mia madre a dire addio ai parchi, alla vita frizzante che si respira qui? I ristoranti e i locali esclusivi, le mostre... le deliziose casette residenziali, i mattoncini rossi, i giardini sul retro? Ma, dico... si può?»

Sòfia mi prende per mano, del tutto dimentica della sua macchina fotografica e insieme ci addentriamo nell'esclusiva ex zona industriale.

Quando raggiungiamo l'isolato in cui abitavo da bambina, mi sembra di riconoscere qualcosa. Passo al vaglio le insegne, le facciate dei palazzi, lo scorcio di cielo che si intravede da qui e capisco che è tutto familiare, avverto che questo luogo mi è mancato. Sento il sangue rimescolarsi, l'emozione è forte e io sono fragile, riesco a malapena a non svenire, devo sedermi. Visitiamo la Chiesa in cui sono stata battezzata e, a salvaguardia del mio stato emotivo, finalmente mi accascio su una panca. Il mio pensiero torna a Jacopo, dovrei approfittare del mio essere qui per ritirare il mio certificato di battesimo, in vista di un eventuale matrimonio, ma lascio perdere e ci dirigiamo verso la scuola.

«Accentri i tuoi pensieri sul fatto che i tuoi ti abbiano privato di una vita che vorresti, andando via, però devi considerare che non ci saremmo mai conosciute se non foste tornati a Roma e non saresti qui con te, adesso», mi dice Sòfia mentre ferma un taxi.

«Vero», finalmente ritrovo il sorriso, «di questo sono contenta anch'io, e ringrazio la vita che ci ha affiancate sullo stesso cammino».

«È facile credere di essere manovrati dal fato, è la via più breve, ma i grandi rivoluzionari della storia sono coloro i quali hanno creduto di essere artefici del proprio destino. Il coraggio cambia la storia. Potresti tornare se lo vuoi, cercare lavoro qui e provare… vedere come ti trovi», suggerisce meditabonda.

«Potrei anche farlo, non credo che riuscirò a lasciare questo luogo a cuor leggero. Magari fra qualche anno sarò felicemente newyorkese e lavorerò in un ufficio in cima alle torri gemelle e per vederci, ovviamente, dovrai prendere appuntamento con la mia segretaria».

«Cosa te lo impedisce? La tua vita è una tua responsabilità, le scelte sono un onere personale».

«Sono sicura che il tuo idealismo ti porterà lontano, io sono troppo simile a mia madre, quello che non sopporterei sarebbe la mancanza degli affetti, delle mie sorelle… Non ci credo, sono uguale a lei».

«Adesso senz'altro la capisci meglio, non è facile accettare che un oceano ti separi dalla tua famiglia, forse lei è stata più coraggiosa di te…»

«Sì, mi fa ridere ma è così, almeno ci ha provato!»

Chiediamo al taxista di lasciarci in centro e rinunciamo a girovagare soltanto quando le gambe non ci reggono più. Rientriamo in albergo per riposare un po', ci abbandoniamo sulle poltrone giù alla reception e guardiamo le foto fatte da Sòfia.

«Chiedi a Bill se conosce un fast-food carino da questi parti?»

«Non lo vedo in giro, Sòfi, e i miei piedi non mi obbediscono. Provo a chiedere a quel tizio, lì, aspetta», dico allontanandomi.

L'uomo mi viene incontro e boom, un urto... sento il suo profumo, essenza di sandalo speziato... che buon odore.

-2020-

Risveglio incantevole. Non c'è che dire, sono finita di nuovo per terra e mi fa male la nuca. Anche questo dolore è immaginario? Un delirio di ritorno? Devo ricordarmi di essere sveglia. Non capisco… Ieri, alla festa, ho bevuto soltanto un bicchiere di prosecco, ma mi pare di avere fatto baldoria in un night club. Sono stordita, allibita e soprattutto preoccupata. Forse questa storia sta diventando qualcosa di serio, o forse le sto dando troppo peso, non so proprio cosa pensare. Sono felice come non mai di vedere Sòfia, un confronto non può che fare bene.

«Sòfia, si tratta solo di sogni, lo so, ripeto, mi sembra persino stupido stare qui a parlarne, ma sembrava tutto così concreto, non si tratta di semplici visioni, sentivo gli odori dei cibi, ho visitato tutti quei luoghi e poi c'è questo fatto strano degli urti… Credo significhi qualcosa».

«Quali urti?»

«In effetti, sta diventando una seccatura, diciamo che questa è la parte del sogno che meno apprezzo. Riassumo… La prima mattina mi sono svegliata a causa di un impatto con uno tipo alto di cui ho visto solo gli occhi azzurri, la stessa cosa il secondo giorno e pure stanotte, e stavolta ho sentito il suo profumo. È sempre lo stesso uomo… non riesco a metterlo a fuoco, però era troppo reale. Mi sono svegliata con un fortissimo mal di testa, come se ci fossimo scontrati davvero».

Rimane affascinata ad ascoltarmi, «Peccato» dice «che non sia la realtà per te, so che desideri tanto questo viaggio, non avresti dovuto rinunciare così facilmente a partire dopo la laurea. Sei stata troppo morbida nel cedere alle volontà di Jacopo».

«Anche nel sogno mi dicevi di provare a vivere lì… Ora che ci penso, l'unica nota stonata era la presenza delle Torri gemelle, noi due ne parlavamo come se ci fossero ancora».

«È incredibile, capisco che tu sia turbata. Continuare a vivere lo stesso sogno, ogni notte a New York, e andare avanti, programmare le tappe del viaggio, come in una realtà alternativa... Sfido chiunque a restare indifferente a un fatto tanto straordinario. New York, la tua città, un diritto non riscattato... Margareth, potresti provarci davvero».

«Sì, non sai quanto mi piacerebbe, negli ultimi giorni sono stata vicina a comprare i biglietti. Ma guardiamo la realtà: non ci andrò mai, lo sai che mio marito non ama volare e dall'undici settembre la sua è diventata una vera fobia, i bambini sono ancora piccoli e gli anni passano...»

«Sono sicura che se gli parlassi, se gli spiegassi che per te è importante, lui capirebbe. Non ho dubbi, tiene molto a te. Comunque, anche se non sono una psicologa, sembra che il tuo inconscio voglia dirti qualcosa... Credo sia insano vivere con un grande rimpianto per il resto dei tuoi giorni, forse è ora di darti da fare, di rischiare. La presenza delle Torri gemelle potrebbe essere la chiave di lettura di tutto, rappresenta una perdita definitiva, non potrai rimediare al fatto di non averle visitate, le hai perse per sempre... potrebbe essere un avvertimento. Riguardo all'urto, non so...»

«Sarà mio marito che mi sbatte un libro in testa per impedirmi di fare sogni che mi mettono nella mente strane idee...»

Sòfia ride divertita e torna a sorseggiare la sua bibita riflettendo.

«Non pensiamoci più, altrimenti dalla psicologa dovrò andarci davvero. Parliamo di te, che mi dici? Come ti va la vita? Hai conosciuto qualcuno?»

«Sì» esordisce lei con un sorrisetto compiaciuto «anche per questo volevo vederti, volevo comunicartelo di persona».

«Wow, e perché non lo hai detto subito? Mi hai lasciato sproloquiare a proposito di sogni. Raccontami: Chi è? Dove lo hai conosciuto?»

«Il mese scorso ero in viaggio per lavoro e ho conosciuto quest'uomo, stesso albergo. Ci siamo trovati per caso alla stessa ora a prendere un tè per due giorni di fila e alla fine ci siamo seduti accanto, mi ha colpito per la sua simpatia. Siamo entrati subito in sintonia e, in parole povere, è scoccata la scintilla. Non credevo che mi potesse più capitare. Dopo la storia con Fulvio mi ero convinta dell'impossibilità di riprovare sentimenti veri per un uomo». Sòfia si rabbuia mentre nomina il suo ex, certe ferite rimangono un po' aperte per sempre.

«Meraviglioso... non vedo l'ora di conoscerlo. Senti, non pensare a Fulvio. Quello era il re degli stronzi. Conduceva una doppia vita, aveva addirittura un figlio, il tutto mentre pianificavate il matrimonio... è chiaro che ti sia sentita appesantita. Questa è un'altra storia, andrà bene». Vorrei fare qualcosa di più che sorriderle, vorrei che dimenticasse il passato, vorrei cancellarlo dalla sua vita con una grossa spugna.

«Cerco di andarci cauta, l'ultima volta che mi sono fidata di un uomo sono quasi impazzita dal dolore, e ho rischiato tanto, anche al giornale; il lavoro è vitale per me, ho investito tutto sulla mia carriera. Sì, meglio andarci piano, ci conosciamo e incrociamo le dita...»

«Certo, nessuna fretta, goditi il momento!»

«È di Catania, si chiama Federico Volsi, anche lui è un giornalista, segue le pagine sportive della *Gazzette*; è un appassionato di basket. È in gamba, generoso, allena con devozione una squadra di ragazzi. Dice che un giorno saranno conosciuti in tutto il mondo...»

«Bellissimo! Un sognatore, già lo adoro».

«Mi ha confessato di essersi infatuato immediatamente. È stato lui ad avvicinarmi per primo, mi ha detto: "Devi sederti, è la terza volta che ci ritroviamo qui, credo sia il destino, non ho dubbi e voglio capirne il motivo". Mi ha fatto ridere e così ho ceduto, mi sono seduta al suo tavolo e poi è avvenuto tutto in maniera spontanea, molto naturale».

«Sono felicissima, ti ci voleva».

«Ha promesso che verrà qui, vuole conoscerti, gli ho parlato tantissimo di te; vuole sapere, capire e amare tutto ciò che vivo».

Le stringo la mano commossa.

«Meg, mi ha fatto piacere vederti. Tienimi aggiornata sui sogni. Ti porterò Federico al più presto, ora devo proprio andare, ma prometto di tornare presto. Mi manchi così tanto…»

L'incontro con Sòfia mi ha rallegrata, finalmente sta riacquistando un po' di fiducia e di speranza. L'amore dovrebbe sempre vincere, soprattutto nella vita di chi lo merita. Sòfia è una persona generosa e positiva. Idealista e agguerrita sul lavoro, ma tanto ingenua in amore. Crede nel prossimo, vive con onestà ma è convinta che tutti, come lei, aspirino al meglio. Ci conosciamo da quando eravamo bambine, i suoi occhi sono rimasti tali e quali, semplici, a volte anche troppo, si scotta con facilità. Anche i casi che segue, i disagi di famiglie con difficoltà economiche, nella periferia di Roma, le entrano dentro come problemi personali. Non riesco a dirle di diffidare della gente, non voglio che cambi, che s'indurisca.

Vorrei solo che non fosse delusa di continuo, anche se non credo più alle favole.

Ho trascorso una mattinata sorprendentemente piacevole, perché allora adesso ho tanta voglia di piangere? Nonostante io faccia degli strani sogni, non ho nulla di cui lamentarmi. Forse Jacopo è un po' freddo, ma posso accettare un periodo no, va tutto bene, la mia vita prosegue tranquilla. Eppure resto qui immobile… il modo in cui Sòfi mi ha detto che le manco, mi ha lasciato un profondo senso d'inquietudine.

4

-2001-

Oggi andiamo a visitare le Torri Gemelle! Sòfia non riesce a starmi dietro. La mia eccitazione vola insieme ai miei piedi. Ci sono istanti in cui ho la sensazione che tutto ciò che sto vivendo sia un abbaglio, ma la percezione del cotone degli abiti sulla pelle e del calore della mano di Sòfia sulla mia mi riporta alla realtà.

Quando ci ritroviamo di fronte al World Trade Center mi sento mancare il fiato. È come nei film. La figura dei sette edifici svetta dinanzi ai miei occhi sovrastata armoniosamente dalle Torri Gemelle, due ritti ballerini che si fissano senza toccarsi. Sembra che ambiscano ad arrivare al cielo.

«Ci sei?», mi domanda Sòfia.

«Sì, ci sono. Programma di oggi: andiamo prima alla Torre Sud, al ponte di osservazione…»

«Il Top of the World!», prorompe Sòfia con entusiasmo.

«Esatto! Rimaniamo lì ad ammirare il panorama e, poi, ce ne andiamo a pranzo al Windows on the World, alla Torre Nord».

«Sicura? Sarà pure il ristorante più alto del mondo, ma anche il più caro!»

«Offro io! Andiamo, Sòfia, quando ci torniamo a New York?», cerco di intenerirla.

«E sia! Una volta nella vita bisogna concedersi qualche eccesso» lega i capelli pronta alla scalata.

Ci dirigiamo alla Torre Sud, con gli occhi rivolti verso l'alto.

Boom! Non posso crederci! È ancora lui e mi fissa con uno sguardo strano.

«Sorry. Mi scusi, sono mortificato».

«Lo credo! Sarà la terza o la quarta volta che mi viene addosso. Mi chiedo come sia possibile, poi. Ce l'ha con me? Le ho fatto qualcosa di male?»

L'uomo ride di gusto. È ben vestito, taglio corto e barba; giovane, attraente, alto e ha due occhi azzurri che mi provocano euforia. La mia reazione non è normale.

«No, no... è vero. Credo di averla travolta più volte in questi giorni. È che sono distratto e vado sempre di corsa. Però, come darle torto... è un'incredibile coincidenza, si sentirà perseguitata. Ma mi creda, è stato involontario».

«Sarà il destino», commenta Sòfia, con un sorriso a fior di labbra. Lui, a quelle parole, sembra imbarazzato.

«Quindi, lei è italiano? E alloggia nel nostro stesso hotel, giusto?», gli domando curiosa.

«Sì, esatto. Sono di Pisa. Gestisco da poco un ristorante a Manhattan per conto di mio padre, che è rimasto in Italia. Per ora ho affittato una stanza al Manhattan Hotel, in attesa di una sistemazione più stabile ed economica. Vi ho sentite chiacchierare nella hall, ieri mattina, ho capito che anche voi siete italiane».

Ha un modo di parlare solare, serafico... starei ad ascoltarlo per ore. Ci pensa la mia amica a risvegliarmi.

«Anche tu in visita alle Torri Gemelle, quindi?» gli chiede, più colloquiale.

«Ah, no. Un appuntamento di lavoro, e la giornata è ancora lunga».

«Ok. Allora, non ti tratteniamo… noi andiamo», dichiaro sbrigativa, al limite dello scortese. Quando un uomo mi mette a disagio, divento così.

«Ehm, aspetta… posso… posso invitarti a cena? Vorrei scusarmi come si deve» Poi, incerto, guarda verso Sòfia. «Voglio dire invitarvi… entrambe, naturalmente». È diventato rosso, fa quasi tenerezza.

«Ma certo, è un'ottima idea», risponde Sòfia per me. «Dove ci vediamo?»

«Nella hall dell'hotel», dichiara lieto. «Va bene alle venti?»

«Siamo d'accordo. A stasera, allora», lo saluta Sòfia.

«A stasera», sorride appagato. Poi, si gira e se ne va, ingoiato subito dopo dalla folla.

Io guardo Sòfia sgomenta.

«Perché hai accettato?» le domando. «Non lo conosciamo neppure».

«Andiamo, è un bravo ragazzo, si vede da lontano. Che male può farci accettare un invito a cena? Il rischio più serio è un'indigestione!», afferma sicura, dirigendosi verso la Torre Sud. Io la seguo perplessa. Questa storia della cena mi mette in agitazione, ora però non ha importanza. *Sono qui… sto salendo verso il cielo*, penso, mentre nell'affollato ascensore vedo i numeri che segnano i piani… 80, 90, 100… Mio Dio! L'ascensore si ferma al centosettesimo piano. Una volta uscite, passiamo i controlli di sicurezza, finalmente ci ritroviamo dentro l'osservatorio al coperto: siamo a quattrocento metri di altezza! La giornata è limpida e il nostro sguardo, attraverso i vetri, spazia sull'orizzonte e si allarga sulla città.

«Usciamo all'esterno, Sòfi».

«No, ti prego, soffro di vertigini».

«Andiamo, ci sono io!» Alla mia amica luccicano gli occhi. Non so interpretare se sia per l'emozione di trovarci qui o soltanto paura dell'altezza.

Ci avviamo verso le scale. Saliamo, saliamo, saliamo... Quando usciamo all'esterno, siamo al centodecimo piano, a quattrocentoventi metri di altezza.

«Sul ponte di osservazione, in una giornata limpida come questa, la vista può raggiungere gli ottanta chilometri di distanza», sta spiegando una guida. L'emozione che mi suscita essere qui è talmente intensa da bloccarmi il respiro.

«Sòfia, ti presento la mia città».

Lei mi sorride e mi stringe la mano. Sempre più forte.

Non so quanto tempo rimaniamo lassù, mano nella mano, come due bambine estasiate al luna park. Mi prende un'improvvisa e inspiegabile tristezza. La bellezza può farmi quest'effetto, sono troppo sensibile.

Quando decidiamo di rientrare, sento una morsa allo stomaco, una fitta di nostalgia.

Torniamo giù al 107, Sòfia guarda l'orologio: «È ora di pranzo, ho fame. Per scendere e risalire sull'altra torre ci metteremo troppo... guarda la folla! Che ne dici di pranzare qui?»

Mi indica una sala da pranzo che sembra un vagone della metropolitana.

«Meg, fanno anche gli hot dog di Sbarro e Nathan!», dice indicando un tabellone pubblicitario.

«Per me va benissimo, voglio provarli».

Ci sediamo a un tavolino vicino alle vetrate, stare a quest'altezza per noi è impressionante, sembra di pranzare in mezzo alle nuvole. Faccio cadere per terra una posata, la solita maldestra. Mi piego cercando di afferrarla e da questa prospettiva noto un piccolo cuore disegnato con un pennarello sul bordo del tavolino. Accanto ci sono due iniziali e una data: A & G, 21.07.2000.

Nel modo di rialzarmi mi scontro ancora con qualcuno.

Boom!

Questa volta, però, non ci sono i due occhi che mi fissano.

-2020-

Mi sveglio anche stamane con un forte mal di testa, come se quello scontro fosse avvenuto davvero. Eppure, stavolta è diverso. Non mi sono scontrata con l'uomo dagli occhi azzurri, ne sono certa. Almeno, non alla fine del sogno. Oppure sì? Che idiota! Quando ci siamo parlati, ho pure dimenticato di chiedergli il nome. Accidenti a me, ci penso come se esistesse sul serio, e invece, è un vaneggiamento, solo uno stramaledettissimo sogno che mi lascia l'amaro in bocca quando mi sveglio.

Forse ho davvero bisogno di andare in terapia. Di trovare un'interpretazione per questa continuità surreale, io non ho idea di quale significato attribuirgli. Cos'è? Una specie di fuga romantica dalla realtà?

Mi giro e vedo l'altra metà del letto vuota. Guardo la sveglia, sono le 9:30. Jacopo si è alzato, lavato, vestito, ha fatto colazione con i bambini, li ha lasciati a scuola ed è andato al lavoro. E tutto questo senza neppure svegliarmi. Da quando siamo diventati due estranei che dormono nello stesso letto?

Mentre faccio la doccia, ripenso alle Torri Gemelle, ai particolari del ponte di osservazione, dell'ascensore, del ristorante... chissà se quel cuore con le iniziali A & G è mai esistito?

Comincio a sentire nostalgia per quella vita: la mia giovinezza, la spensieratezza, le innumerevoli possibilità di cambiamento che ancora si hanno a vent'anni. A ogni risveglio mi sembra d'invecchiare di colpo, è una sensazione tremenda. E, poi, quello sguardo sul mondo, quelle atmosfere, gli odori, i sapori... Devo rientrare in me stessa, non posso continuare a rimpiangere un sogno. Che bene può farmi sentire la mancanza di qualcosa che non è stato e mai potrà essere? Perché io non avrò mai più ventiquattro anni.

Decido di mandare un messaggio a Sòfia. Sento la necessità di parlarne ancora con qualcuno e non può essere Jacopo. In questo momento lo sento più distante che mai.

"Amica mia, ho bisogno di te. Quando possiamo rivederci?"

"Ancora quel sogno, vero?"

Sòfia mi legge nel pensiero.

"Sì. Sono preoccupata".

"Ci vediamo domani mattina alle 11,00, al bar dove abbiamo pranzato ieri. Vedo di staccare per mezz'ora. Per te questo e altro!"

"Grazie."

Mi vesto per andare in libreria, ora sono un po' più tranquilla. Jacopo è alla cassa, assorto nei suoi pensieri. Fa a malapena un cenno con la testa, quando mi vede entrare. Come vuole... Non gli rivolgo neppure la parola. Vuole stare da solo? Che vada al diavolo!

Mi fiondo sul retro, ho degli scaffali da allestire con dei nuovi arrivi. Sento che qualcuno è entrato e vado a vedere, riconosco all'istante il suo accento abruzzese, è la ragazza della lettura estiva. Mi riconosce e mi sorride.

«Vorrei ringraziarti. La lettura che mi ha consigliato è stata fin troppo coinvolgente. Ho finito il libro in un solo pomeriggio. Solo che, adesso, me ne serve un altro».

«Sono felice ti sia piaciuto», le rispondo soddisfatta. «Vieni, te ne consiglio un paio, vista la tua velocità di lettura. Tranquilla, ti faccio lo sconto».

«Ti ringrazio, sei molto gentile».

«Dovere. Io sono Meg».

«Laura, piacere».

«Fammi indovinare, studentessa universitaria?»

«Sì, infatti. Vengo da un paesino in provincia di Chieti, qui a Roma studio Beni Culturali».

«Che meraviglia!» esclamo entusiasta. «Abbiamo tanto di quel patrimonio da salvare».

«Vero, studiare in questa città è una grande opportunità. Ogni angolo sul quale posi gli occhi riserva qualcosa di magico».

La guardo affascinata e, al tempo stesso, perplessa. È proprio vero che tutto è soggettivo. Lei sogna Roma e io, che ci vivo, sogno New York. Ma almeno lei è riuscita a perseguire le sue ambizioni. Io, invece, non ho mai neppure provato a realizzare il mio sogno, l'ho scartato come una chimera troppo distante. Che sia questo il problema? Il rimpianto di non aver mai fatto un tentativo?

«Sto da meno di un anno a Roma e mi sono trasferita da poco in questo quartiere. Non ti nascondo che sono stata felice di trovarmi questa libreria sotto casa».

Laura mi fissa in modo strano. Forse, vedendomi persa nelle mie riflessioni, starà concludendo che sono stramba.

«Ho sempre pensato che non è mai troppo tardi per cercare di realizzare noi stessi», mormora, alla fine, quasi sottovoce.

E, ora, che succede? Ha parlato sul serio? È una strega, legge i miei pensieri? Vedendo la mia espressione stupefatta, sorride e mi indica il titolo di uno dei libri che le ho consigliato: "Ama te stesso come il prossimo tuo".

Mio Dio! La cliente mi chiede un romanzo estivo, e le propongo un saggio sull'autostima e sulla crescita personale, ma dove ho la testa?

«Ti prego di scusarmi, in questi giorni sono, come dire, distratta...» balbetto, cercando di giustificarmi. Devo essere arrossita come quando beccavo un impreparato a scuola.

«Tranquilla. Capita, è normale. Comunque il saggio lo prendo, mi ha incuriosita».

«Meno male, spero che alla fine ti piaccia», le rispondo, ancora imbarazzata.

«Beh, forse è proprio quello di cui ho bisogno in questo momento, magari te lo ha suggerito il mio Karma».

«Sì, può essere», acconsento, poco convinta, mentre appoggio i due libri sulla cassa. Per fortuna l'altro libro che le ho preso è un romanzo.

Jacopo ha visto e sentito tutto, ma non batte ciglio, non ha detto una parola. Avrà compreso? Sembra assente. Lavoro con lui o con il suo ectoplasma?

Non ho mai creduto in queste storie sul destino e sul karma. Ma in questi giorni sono confusa a tal punto che non so più in cosa riporre fiducia. Magari dovrei aprirmi a possibilità che non ho mai tenuto in considerazione, cambiare prospettiva. Forse sono io che avrei bisogno di quel libro, sto perdendo la concentrazione… Oppure…

Non appena Laura esce dal negozio, corro al reparto psicologia. Vediamo cosa trovo sull'interpretazione dei sogni.

5

-2001-

«Ti serve una mano, Meg?»

«Non riesco nemmeno a truccarmi, sono nervosa, mi sembra di tradire Jacopo. Sòfi, tu lo sai, io non esco con altri uomini, non finché ho una storia in piedi».

«Che esagerazione, Meg! Non hai niente di cui preoccuparti. Non è un appuntamento, ci sono anch'io. Quell' uomo è innocuo, a mio parere vuole sole essere gentile».

«Non lo so, mi ha guardata in un modo...» A pensare a quello sguardo intenso, a quei modi distinti, a quella mascella pronunciata, mi cedono ancora le braccia.

«Guarda che disastro ho fatto col mascara, basta, mi lavo il viso. Ti dispiace controllare al centralino se Jacopo ha chiamato mentre eravamo fuori?»

«Sensi di colpa? Sto scherzando! Ok, ok, faccio subito».

Guardo il mio viso bagnato riflesso allo specchio e non mi piace l'ansia che provo. Non dovrei elemosinare le sue chiamate. Sòfia ritorna dopo qualche istante con lo sguardo deluso, scuote la testa imbarazzata.

«No, mi dispiace, non ha chiamato».

Tampono il mio viso con l'asciugamano e insisto sugli occhi che stanno diventando lucidi.

«Facciamo così: ti trucco io».
«Sì, e grazie per non infierire...»
«Figurati», strizza l'occhio e mi fa sedere. Comincia a stendere il fondotinta e mi rilasso sotto le sue mani.
«Sei favolosa», dice quando termina l'opera.
«Passabile» le rispondo osservandomi con aria critica.
«Come al solito non manchi di nutrire le tue insicurezze. Mi fai venire il nervoso quando fai così. Ci rinuncio. Un giorno, quando sarai vecchia, guarderai le tue foto da ragazza e sarai costretta ad ammettere che eri davvero bella».
«Forse...»
«È ora di cambiare umore, Meg. Ci aspetta una bella serata, siamo a New York city e abbiamo appuntamento con un tizio irresistibile... Concentriamoci solo sul non fare tardi».
«Scusa, devo imparare a prendere quello che mi dà la vita e a non agognare quello che non posso avere. A dire il vero, Jacopo mi sta stancando».
«Non mi piace interferire, ma ti dirò solo una cosa e poi non ne parleremo più, promesso. E giuro che ti appoggerò in ogni tua scelta: mia cara, Jacopo ha stancato anche me. Questo rapporto non è bilanciato, ciò che ti offre non vale il malessere che provi».
La fisso con incredulità, non è da lei questa severità, sarà stanca di vedermi penare. Le sorrido e le faccio un cenno spensierato con la testa. Forse Sòfia ha ragione, forse è ora di prendere, di chiedere il risarcimento alla vita.
Imbocchiamo il corridoio e Sòfia per poco non inciampa in un paio di scarpe da uomo; entriamo in ascensore e notiamo di non essere indifferenti a un gruppo di persone che ci osservano indiscrete. Sòfia ha un fascino senza eguali, una bellezza classica con un che di divino e in aggiunta ha uno spiccato gusto nel vestire. Porta un lungo abito da sera lilla che esalta la sua figura slanciata, eppure quando nella hall ci troviamo

di fronte a quei maliardi occhi chiari, non v'è dubbio che siano tutti per me.

«Mi sembra doveroso presentarmi, a questo punto: sono Marco. Con chi ho avuto il piacere di scontrarmi?»

«Sono Margareth, lei è Sòfia».

Ho di nuovo quella sensazione di non avere il controllo delle mie forze. Non capisco cosa stia succedendo, perché quest'uomo mi fa questo effetto?

«Lieto di fare la vostra conoscenza».

«Piacere nostro».

«Lascio le chiavi alla reception, ci vorrà solo un secondo», dice Sòfia lasciandomi sola con lui.

«Ho prenotato al *Coleman*, spero gradiate, la loro specialità sono le vongole gratinate con salsa alla menta. Credimi, un'esperienza da mettere in valigia».

«Sembra fantastico».

«Cercavo una scusa per ritornarci, ci sono stato tre sere fa e ora mangerei solo quello... e gli hot dog di strada. Naturalmente non ne vado fiero».

«Ti stai adattando in fretta, vedo».

Sòfia ci raggiunge a passo veloce con un viso raggiante.

«Ehi, che succede?»

«Sono al settimo cielo, mio padre ha lasciato un messaggio urgente, mi ha cercato *La Gazzette*, vogliono incontrarmi per un colloquio».

«Ma è una notizia meravigliosa, Sòfi».

«Devo chiamarli subito per accordarci, ti dispiace se non vengo con voi?»

«No, non c'è problema», dico titubante «è importante. Devi ricontattarli».

«Sicura?»

«Sì, è ok. Vai, ci vediamo dopo».

«Margareth è in buone mani, va' tranquilla, te la riporto fra un paio d'ore», interviene Marco.

«Va bene, allora a dopo».
«Buona fortuna!»
Marco ci sorride educatamente e allargando il braccio verso destra mi fa strada verso l'esterno. Non mi ero accorta di quanto fosse alto, porta un completo scuro e una camicia verde acqua, ha la pelle ambrata e un accenno di barba. Cammina con passo sicuro, ha un portamento elegante, un certo contegno. Se non fossi già impegnata direi che è un uomo da perderci la testa. No, questo posso dirlo anche se ho un ragazzo, è un fatto oggettivo, è proprio bello da metterti soggezione.

Lo seguo fuori lasciandomi guidare, sembra conoscere molto bene la città; all'angolo della strada ferma con sicurezza un taxi e mi apre la portiera. Devo impormi di non fare confronti con Jacopo, la galanteria non è mai stata il suo forte. Questo non è un appuntamento, è diverso, sì, è molto diverso.

Il taxista cerca di svicolare, c'è molto traffico, il suo modo di guidare mi dà la nausea.

«Stai bene?»
«Soffro un po' il mal d'auto, ma tranquillo, riesco a sopportarlo. Quanto manca per il ristorante?»
«Non molto, direi di fare due passi, però. Meglio che tu prenda un po' d'aria fresca. Noi scendiamo qui», dice poi rivolgendosi al taxista.

Lo guardo con gratitudine e dopo qualche boccata d'aria sto subito meglio.

«Credo sia preferibile camminare, godiamoci la città».

Ci addentriamo nella 6th avenue e ci accodiamo al traffico pedonale, sono felice anch'io di essere scesa dall'auto. Tutto è così colorato di sera, le luci delle insegne a neon svettano in ogni dove e le enormi vetrate attirano le carte di credito patinate dei passanti.

«Sai cosa credo? Che questa sia una città di serie A», rifletto ad alta voce, tirando fuori i miei pensieri.

«Cosa cerchi di dire? Tu vivi a Roma, quella sì che è serie A. Non puoi essere seria. No, dico, nella tua città hai il Colosseo! Puoi andare a zonzo per i Fori imperiali».

«Lo so che Roma è una città monumentale, è incredibile vivere lì e nessuno più di me apprezza la sua storia… ma ha sapore d'antico, come fosse statica. La sua bellezza è ancorata al passato. Il problema forse non è tanto la città, ma come mi fa sentire. Come quando guardi un paesaggio raffigurato in un quadro, ti suscita nostalgia, perché non è il tuo "ora", è un momento passato, il ricordo di una vita intensa, che scorreva impetuosa. Stare qui stasera mi dà l'idea di essere dentro quel quadro, non sono più un osservatore, sono la vita dentro. Ehm… Scusa, sono troppo aulica, puoi anche fermarmi, sto vaneggiando».

«Non vaneggi», mi dice sorridendo a labbra chiuse «sei un tipo riflessivo. Mi ricordi mio padre, o meglio, l'uomo che mi ha cresciuto… Anche lui era romantico, ce ne stavamo ore e ore a chiacchierare davanti la torre di Pisa e da bambino confesso che mi annoiava da morire. Guardava, proprio come dici tu, con nostalgia quella torre e rifletteva ad alta voce, su tutto, sulla vita, sugli obiettivi che è bene porsi, sulle amicizie, l'onestà, l'amore. Era il suo modo di educarmi. È stato lì che ho capito la differenza tra giusto e sbagliato. Strano, no? Mio padre mi ha tenuto sulla retta via, mettendomi davanti a un edificio storto».

«Già! Hai detto "Era il suo modo di educarmi" … Tuo padre non c'è più?»

«No, è morto un paio d'anni fa».

«Mi dispiace».

«Grazie, ma sai, ha vissuto una bella vita, era un uomo sereno. E, come avrai intuito, è stato un genitore capace. Il lascito della sua morte però è stato una verità difficile da digerire, ho scoperto che non era il mio vero padre. All'improvviso, tutto ciò che mi ha dato si è svuotato del suo valore; forse è irrazionale, ma pur essendo un uomo adulto questa scoperta mi ha destabilizzato. Lo prova il fatto che io stia qui, a confidarmi con una donna appena conosciuta, una come te...»

-2020-

No, no, no.
Voglio tornare indietro.
Non voglio più svegliarmi. No. Non è giusto.
Provo a richiudere gli occhi, ma la mia testa non ne vuole sapere di riassopirsi. Sento il rumore dei clacson in strada e un vociare assillante nell'altra stanza, avranno dimenticato di spegnere la tv.
Voglio dormire, per sempre. Dovrei avere dei sonniferi da qualche parte... Ma cosa dico? Vorrei solo urlare e non ho ancora le forze per farlo. Maledetta sveglia! Mi giro verso Jacopo e lui non c'è.
Sono sempre sola su questo letto. Mi metto seduta e mi alzo le coperte fin sopra il viso, comincio a detestare la luce.
Non ho neppure assaggiato le vongole, saranno state deliziose.
Oddio, lui è così bello, quella voce controllata con una punta di accento toscano, quella serenità nell'aprirsi con me.
Ovvio che è un sogno, non ho mai conosciuto un uomo così. Che mi è preso? Insomma, prima sognavo solo New York e ora che il rapporto con Jacopo non è tanto gratificante, il mio inconscio ha piazzato l'uomo perfetto nella Grande Mela. Beh, caro inconscio, devo dirtelo, hai degli standard troppo elevati, surreali. La vita vera è dura, non è un'utopia. Devo alzarmi, non ha senso pensarci ancora, sono viva, su questo pianeta e non posso permettermi di rifugiarmi in un fantastico mondo distopico. C'è un matrimonio da rimettere in piedi, un marito che non mi tocca da troppo tempo, ci sono due ragazzi che hanno bisogno delle mie cure, c'è il lavoro da portare avanti…
Il lavoro! Devo correre, non riuscirò ad aprire la libreria in orario. Toccava a me, Jacopo è in banca.
Mentre mi lavo di corsa, mi sembra d'essere sotto l'effetto di una droga pesante, sono debole e il mio corpo m'implora di

rimettermi a letto. Forse è arrivato il momento di parlarne con uno psicologo.

Riesco ad alzare la saracinesca dopo trenta minuti, il signor Mondini, proprietario del negozio di fiori all'angolo, mi osserva con aria di rimprovero e picchetta sul suo orologio facendomi una smorfia di delusione.

«Margareth, non è serio aprire a quest'ora, ha perso due clienti, hanno aspettato davanti le vetrine per dieci minuti e poi sono andati via».

«Ho avuto un imprevisto, succede». Ci mancava solo lui.

«Certo, può capitare. Buon lavoro».

Buon lavoro a te, impiccione inopportuno. Sorrido e gli chiudo la porta in faccia, accendo i faretti e apro il registratore di cassa. Sono le nove e quarantacinque, merda!

Jacopo lo vedrà, ma santa pazienza, ormai è fatta. Cerco di piazzarmi in faccia un'espressione serena quando entra una ragazza, la riconosco, è la studentessa abruzzese, Laura.

«Ciao, Meg».

«Laura, ciao».

«Questo saggio sull'autostima che ho preso ieri è un fiasco totale, potrei sostituirlo? Ho solo sfogliato le prime pagine».

«Davvero? Oh, mi dispiace. Non c'è problema, farò un reso. Perché non dai un'occhiata al reparto dei classici, io lo faccio sempre quando un libro mi delude, è lo scaffale lì dietro».

«Meglio viaggiare su sentieri conosciuti?»

«È rassicurante», le rispondo debolmente. Questa ragazza è molto acuta. Lascio che consulti i libri e torno alla cassa.

Il campanello tintinna e, alzando lo sguardo, vedo Jacopo: è accigliato.

«Ti è successo qualcosa?»

«No, tutto ok. Perché?»

«Hai aperto che erano quasi le dieci!»

«Ma come...?»

«Il signor Mondini mi ha detto che hai avuto un imprevisto».

«Molto premuroso da parte sua. Non è successo nulla, ho fatto tardi, non volevo che s'impicciasse».

«Capito, quindi immagino che tu non abbia fatto ancora il reso alla *E D Cores*?»

«No, sono arrivata da poco. Me ne occupo su...»

«Lascia stare! Ci penso io», mi interrompe brusco. «Come sempre, del resto. Non prendi seriamente nessuno dei tuoi impegni, tutta la roba noiosa devo sobbarcarmela io, le banche, i resi, il gestionale, la pubblicità, i pagamenti».

«Guarda che c'è una cl...», cerco di avvisarlo perché man mano che parla il volume della sua voce si fa più alto, ma ormai è in scena l'Amleto, è partito col monologo.

«Il mese scorso hai dimenticato di fare il reso del servizio novità in deposito e siamo stati costretti a pagare la merce e a tenercela».

«Jacopo...», gli faccio cenno di abbassare i toni.

«E la settimana scorsa hai mancato l'appuntamento col corriere e mi è toccato andare in centro a ritirare il pacco. Giuro che se fossi stata una mia dipendente ti avrei licenziata tempo fa. Il signor Mondini ha ragione, non è serio da part...», finalmente nota la cliente e mi guarda con occhi spiritati. Ora tace.

«Scusaci, Laura. Mi dispiace, hai scelto il libro?», le chiedo con occhi lucidi.

«No, torno un'altra volta», dice uscendo dal locale.

Jacopo mi guarda come fosse colpa mia e si chiude in ufficio, sbattendo la porta.

Sento il bip di un messaggio al cellulare. È di Sòfia.

"Scusa, tesoro. Stamattina ho un impegno imprevisto, non ce la faccio a venire. Ci vediamo domani, alle 11,00, al solito bar. Ci sarò, è una promessa."

6

-2001-

Siamo davanti al *Coleman*. Ma come ci siamo arrivati? Passeggiare e parlare con lui è stato talmente piacevole che non mi sono neppure accorta di aver fatto tanta strada. È come se non sentissi più la fatica, come non avessi più un corpo. Solo leggerezza e tanta euforia. È ingiustificabile da parte mia, lo so. I sensi di colpa mi divoreranno prima ancora che io abbia digerito le vongole. Ma non voglio pensarci, non adesso.

Sul marciapiede, accanto all'ingresso del locale, c'è una bancarella. Una graziosa ragazza di etnia orientale mi sorride e mi invita a guardare dei ventaglietti esposti, sui quali sono stampati gli scorci più belli di New York. Sono attratta da uno in particolare, che raffigura un angolo di Central Park, quello del laghetto sul quale si proietta il magnifico skyline di Manhattan. Non faccio in tempo a dire che mi piace che Marco l'ha già acquistato. L'aggraziata venditrice lo prende e me lo porge con delicatezza.

«Grazie. Sei molto gentile», dico rivolta a Marco. Mi sento le guance in fiamme. Devo essere arrossita.

«Per così poco», sorride. «Entriamo?», mi invita poi, porgendomi il braccio.

Mentre varco l'ingresso del ristorante, lo guardo con gratitudine. È troppo bello, perfetto... è un'esperienza da mettere in valigia.

Il ristorante è grandissimo, ma non è troppo affollato. L'ambiente è molto elegante e raffinato, dall'architettura alle divise dei camerieri. Le luci soffuse e una bella musica di sottofondo rendono l'atmosfera rilassante. Veniamo accompagnati a un tavolo vicino, prospicente una grande vetrata, appartato ma non isolato dal resto.

Marco scosta la sedia per farmi sedere. Riesco a stento a contenere una risata.

«Non ti ci abituare», sussurra. «Non sono sempre così...»

«Ah, bene. Quindi, di solito le sedie le fai volare in aria?» Oddio, l'ho detto? Sul serio ho fatto una battuta così idiota? L'eccitazione che provo mi sta giocando un brutto scherzo. Devo riuscire a calmarmi.

«Non esageriamo», risponde sorridendo. «Al contrario, sto solo cercando di fare colpo...»

E ora? Cosa dovrei ribattere? Non ho neppure il coraggio di guardarlo. Neanche da adolescente, al primo appuntamento, sono stata così imbranata.

Per fortuna è arrivato il cameriere con la lista dei vini.

«Hai qualche preferenza?», mi domanda il mio accompagnatore.

«No, lascio fare a te. Tanto ne berrò appena un sorso. Sono già ebbra di mio, in questo viaggio», sussurro poi.

Marco ordina un bianco Chardonnay che dice essere squisito abbinato alle vongole.

«Cosa ti provoca quest'ebbrezza?»

«Ah, vedo che non ti sfugge niente! Non lo so neanche io. Sono stordita, questo luogo sta tirando fuori una parte di me che non sapevo di avere... o che avevo sepolto chissà dove».

«Anch'io nei miei primi giorni qui mi sono sentito esaltato, ma non è la città, quanto più il fatto che stai facendo qualcosa che ti dà pace, che desideravi da tanto. Non accade sempre così quando riusciamo a essere fedeli a noi stessi?»

«Credevo fossi un ristoratore... e, invece, sei laureato in psicologia?»

Ride di cuore. I suoi denti bianchissimi fanno venir voglia di... Ho voglia di baciarlo. Bevo un sorso di vino per distrarmi, ma forse non è la mossa giusta.

«Non sono nessuna delle sue cose. Sono laureato in economia. Dopo il Master in Finanza aziendale e Controllo di gestione mio padre mi ha assunto... dire padre è fuorviante, non lo considero tale».

«Come... come l'hai scoperto?»

«Un mese dopo la morte di mio padre, quello vero, l'uomo che mi ha cresciuto, ho ascoltato per caso una conversazione telefonica di mia madre con sua sorella. Stava dicendo a mia zia che Giacomo si era rifatto vivo, che voleva io sapessi la verità, che per quanto possibile avrebbe voluto aiutarmi in campo professionale. Che lei non poteva ancora tenerlo lontano da me e dalla mia vita perché, ora che Alberto era morto, la cosa non avrebbe fatto male a nessuno...»

«Mio Dio, deve essere stato uno shock!»

«Lo è stato».

«Ma perché? Insomma, perché tua madre lo ha tenuto lontano?»

«È quello che le ho chiesto. Mi ha raccontato una storia assurda. Erano tutti amici ai tempi dell'università, lei, Alberto e Giacomo. Poi, lei ebbe una storia con Giacomo, ma non durò molto. Andò avanti quel tanto che bastava affinché lei rimanesse incinta e capisse di essere innamorata di Alberto. Entrambi l'amavano, per cui Alberto si rese disponibile a sposarla e a prendersi cura di me, mi crebbe come fossi suo in tutto e per tutto. Giacomo si mise da parte, rimanendo nell'ombra per tutti questi anni, immagino che l'abbia fatto per amore di non guastare l'armonia della famiglia felice.

Però, pare che si sia sempre tenuto in contatto con loro, per avere mie notizie».

«Un bel gesto da parte sua. Che strano trio, però. Sono stati tutti d'accordo nel prendere la decisione giusta per il tuo bene...»

«E per nascondermi la verità!», esclama irritato.

«Scusa, non volevo... sono stata inopportuna».

«No, no... lo so che dall'esterno può sembrare così. E che loro erano convinti in buona fede di fare il mio bene. Purtroppo nascondere la verità a un figlio non può in alcun caso essere giusto. Se non lo avessi mai saputo, forse... ma la verità è saltata fuori e mi sono sentito tradito; rielaborando tutto a mente fredda ho capito di avere vissuto in un'enorme bugia fino a quel momento», cerca di spiegarmi. L'amarezza e la sofferenza traspaiono da tutto il suo essere, un velo è calato sui suoi occhi limpidi.

«E, allora... Come mai hai deciso di accettare il lavoro?»

«Alla fine la curiosità ha prevalso. Ho voluto conoscerlo. Non l'ho fatto a cuor leggero, per maturare questa decisione ci ho impiegato più di un anno».

«E che effetto ti ha fatto?»

«Un estraneo. Come andare a un colloquio di lavoro. Lui... lui, si capiva che era commosso, anche se cercava di non darlo a vedere. Ma io non provavo niente. Mi dispiaceva per lui. Ho accettato il lavoro per pura convenienza professionale, con l'accordo che avrei cominciato appena finito il Master. Ho ritenuto che sarebbe stata un'ottima esperienza da segnare sul curriculum. E venire qui mi ha fatto bene... Volevo allontanarmi da tutto e da tutti».

Rimango in silenzio a guardarlo.

«Che c'è? Ti sembro cinico?», mi domanda impensierito.

«Niente affatto», rispondo. Mi sembra di conoscerti da una vita, è come se la tua storia mi appartenesse. Ma questo per fortuna non lo dico.

Sono arrivate le vongole. Il profumo è inebriante.

-2020-

Mi sveglio con quel profumo nelle narici. Dalle serrande abbassate filtra poca luce. Mi giro dall'altra parte e vedo Jacopo che ancora dorme. Mi sono svegliata presto stamane. Troppo presto. Guardo la sveglia: non sono ancora le 6:00. Mi metterei a urlare. Voglio tornare a dormire, voglio tornare nel mio sogno. È quella la mia vita, non questa! Diamine, sono pazza, sono uscita fuori di testa, non c'è altra spiegazione.

Mi alzo per fare una doccia, tanto ormai, non mi riaddormento più. Ma, non appena mi metto in posizione verticale, mi assale un feroce mal di testa. Sarà meglio prendere un analgesico. Vedo la mia borsa abbandonata sulla sedia vicino al letto, tengo sempre dentro un'aspirina, per le emergenze. Le mie mani l'afferrano e la aprono affannosamente in cerca della medicina... e, invece, trovano... un ventaglietto.

Quel ventaglietto!

Mi scappa dalle mani, barcollo. La stanza intorno a me comincia a girare. Che sta succedendo? Mi graffio la pelle, per capire che sono viva, che sono reale. Ma il dolore del graffio si confonde con il mal di testa e con un grande dolore che provo ovunque, in tutto il corpo. Mi fa male tutto.

Calma, respira. Calmati, Meg. È solo panico, inutile svegliare Jacopo, mi darebbe della pazza. Lo pensa già, so che potrebbe essere un grave errore raccontargli anche questa. Sòfia! Mi aggrappo al suo nome, è lei la mia unica speranza, la mia àncora di salvezza. Dobbiamo vederci alle 11.00, ricordo. Riacquisto lucidità, rimetto il ventaglietto in borsa, vado a farmi la doccia, do un bacio a Emma e Lucas che ancora dormono ed esco ancora digiuna.

Ho lasciato un biglietto sul tavolo per Jacopo. Gli ho scritto che oggi sarò io ad arrivare presto in libreria, per smaltire il lavoro arretrato. Lui dovrà solo accompagnare i bambini a scuola e, poi, potrà venire con comodo. Sono certa che ne sarà contento.

Mentre guido, ogni tanto il mio occhio cade sulla borsa, riposta sul sedile del passeggero. Non ho più avuto il coraggio di aprirla. Ho i brividi, mi terrorizza come se contenesse una bomba.

Parcheggio, prendo la borsa e vado ad aprire la libreria. Le chiavi del negozio, per fortuna, le tengo in un unico mazzo con quelle di casa e dell'auto. Stavolta il vicino ficcanaso troverà la nostra saracinesca aperta prima della sua.

Bene, ora sono dentro. Metto la borsa sulla sedia. La apro o non la apro? In cuor mio, cosa spero? Di non trovare più il ventaglietto? Se così fosse, stamattina cos'ho avuto? Un'allucinazione?

Bene, ho deciso. Non la apro. La lascio lì, buona e tranquilla, e mi metto a lavorare. Magari, stamattina ero ancora in dormiveglia, ci riproverò fra un'ora o due, quando sarò più sveglia e "quella cosa" sarà certamente sparita.

Vado ad aprire il collo con i nuovi arrivi. Riallestire la scaffalatura mi aiuterà a ritrovare la mia routine e mi distrarrà per un bel po'. E, infatti, trascorro più di un'ora impegnata in questo lavoro, quando sento il tintinnio della porta. Deve essere entrato un cliente.

«Buongiorno», mi sorride Laura quando mi vede.

Mi sento un po' imbarazzata dopo la discussione alla quale ha assistito.

«Buongiorno, cara. Vorrei chiederti ancora scusa per ieri...»

«Scusa per cosa?», mi domanda ignara.

«Per... quel piccolo battibecco fra me e mio marito. È che non si era accorto della tua presenza...»

«Non capisco di che parli, non ricordo alcun battibecco», risponde distratta, concentrata su una famigliola rumorosa che ha appena varcato l'ingresso.

«Beh, insomma, ieri… quando sei venuta a restituire quel volume».

Per un istante temo il peggio, ho il panico, mi preoccupo possa dirmi che ieri non è venuta. Se me lo dice, è confermato: sto andando fuori di zucca.

«Ah, sì. Sono andata via in fretta, per un'urgenza. Una perdita d'acqua nel mio appartamento», sorride. «Posso scegliere un altro libro?»

«Ma certo», rispondo con un senso di sollievo. Dunque, sarà per questo che non ha udito il litigio, l'ha distolta la chiamata ricevuta al cellulare. Meno male. Sto mettendo sul serio in discussione la mia sanità mentale. Alla fine, ha scelto un classico: Shirley, di Charlotte Brontë.

«Bene, questo ti porterà via un po' di tempo, ma ne vale la pena. Quando avrai finito di leggerlo, se vuoi, lo commenteremo insieme. A me è piaciuto moltissimo».

«Molto volentieri!»

Esce dal negozio con aria felice. Io ricevo un messaggio al cellulare, è di Jacopo. Stamattina non verrà in libreria, ha alcune commissioni da sbrigare all'esterno. Conclude con un laconico: "Ci vediamo a pranzo". Perché mi sento sollevata? Non ho nessuna voglia di vederlo.

Guardo l'orologio. Sono quasi le 11,00. Bene, chiudo la libreria e vado al bar. Ho lasciato appeso il cartellino "torno subito". Non ho ancora aperto la borsa.

Sòfia è già seduta al nostro tavolino. Mi sento talmente sollevata che corro ad abbracciarla. Anche lei mi stringe forte. Appena ci stacchiamo, noto una lacrima all'angolo di un suo occhio.

«Che hai? Ti è successo qualcosa? Sei preoccupata per me?», le domando, perché la sua reazione al mio abbraccio mi sembra eccessiva.

«Ma, no, non è successo niente. Però il tuo messaggio di ieri, sì, mi ha spaventata. Raccontami».

Ci sediamo, lei ordina un caffè e io un tè al limone. Le racconto tutto, del sogno che continua ad andare avanti come fosse vero e, alla fine, del ventaglio.

Lei è scettica.

«Andiamo, Meg. L'avrai sognato. Senz'altro stavi ancora dormendo».

«Bene, se così fosse, ora non dovrebbe più essere nella mia borsa, giusto?»

«Non l'hai più aperta da stamattina?»

«No, non ce l'ho fatta».

«Ora ci sono io qui e, qualunque cosa ci sia lì dentro, sono con te», mi rassicura. «Aprila».

Con il cuore in gola e tremante apro la borsa. Chiudo gli occhi e infilo dentro la mano. Vago all'interno usando il mio senso tattile, toccando i miei vari oggetti personali con la speranza di non trovarci ciò che temo... E, invece, eccolo. Lo afferro e lo tiro fuori. Apro gli occhi e vedo Sòfia che fissa me e l'oggetto che le mostro con uno sguardo che non riesco a decifrare. Anche lei starà pensando che sono all'improvviso andata fuori di testa?

«Calma», mi dice alla fine. «Ci sarà una spiegazione. Deve esserci...»

Appoggio il ventaglietto sul tavolo, quasi scottasse. Lei lo prende e lo osserva da vicino.

«Carino, però» commenta.

«Sòfia!», la rimprovero richiamandola alla realtà. Ma il mio sguardo terrorizzato, di sicuro, funziona più di mille parole.

«Forse... forse l'ha acquistato qualcuno dei ragazzi e te l'ha messo nella borsa per farti un regalo? Lo sanno che ami New York», ipotizza la mia amica.

«Senza dirmi niente?», obietto.

«Avranno voluto farti una sorpresa. Magari è stato proprio tuo marito».

«Se è stato Jacopo, non è stato certo per farmi un regalo. Piuttosto per farmi impazzire!»

«Che cosa vuoi dirmi, Meg? Siete in crisi?»

«E come faccio a saperlo? Non mi parla, sono mesi che non parliamo».

Sòfia mi fissa in silenzio.

«In ogni caso lo trovo complicato, dove l'avrebbero trovato?», le domando.

«Figurati! Nei negozietti dei cinesi si trova di tutto. Oppure l'hanno ordinato tramite qualche catalogo».

«Ma che senso ha? Se è un regalo…»

«Se è un regalo lo scoprirai presto. Oggi stesso, tornando a casa, lo mostrerai alla famiglia, felice e contenta, e li ringrazierai… se non sono stati loro, te lo diranno».

«E, se non sono stati loro, cosa penseranno?»

«I ragazzi nulla di particolare, Jacopo forse sospetterà che hai un amante e sarà un bene… il dubbio potrebbe smuoverlo dall'apatia. E, se invece è uno scherzo…»

«Se è uno scherzo è davvero di cattivo gusto!»

«Può darsi, ma magari non è stato fatto per cattiveria… In ogni caso la verità salterà fuori».

«La verità… cosa è la verità? Comincio ad avere dubbi su tutto, Sòfia. E la cosa non mi piace».

7

-2001-

Dopo aver mangiato le vongole, mi accorgo che Marco è teso.

«Tutto bene?»

«Raccontami di te, io ho parlato sin troppo, spero di non averti annoiato. Ti ho gettato addosso la mia vita. Avvertimi se esagero».

«È piacevole conversare con te, non dispiacerti. Ti parlo un po' di me, ok. Non che ci sia molto da dire, sono una brava ragazza, niente follie; una vita un po' noiosa, ho sempre studiato sodo e, ora che mi sono laureata in lingue col massimo dei voti, non ho idea di cosa fare del mio futuro. Mi sono troppo concentrata sullo studio, quella era la mia unica meta e adesso non so dove puntare la bussola. Per questo ho deciso di fare questo viaggio, per ampliare i miei orizzonti a partire dalle mie radici».

«Capisco, ti ci vuole una svolta, le opportunità sono tante. C'è un settore in particolare che t'interessa?»

«Avevo una mezza idea di aprire una libreria a Roma, ho già trovato un locale, ma ora che sono qui non ne sono poi tanto sicura; non vorrei tarparmi le ali da sola». Sarebbe il caso di accennare a Jacopo, ma non mi va, voglio tenerlo fuori da questa serata.

«Troverai la tua strada, ne sono certo. Potresti stare qui», dice tentandomi, aprendo il delizioso ventaglietto di carta che mi ha comprato. Guardo il laghetto del Central Park ritratto, ne sono sedotta e lo sento sempre più come un richiamo.

«Vorrei, ma potrebbe rivelarsi una follia, una scelta irresponsabile, poco ponderata. Ci sono persone che nascono già con le idee chiare e non capisco come possa accadere. Vedi la mia amica Sòfia, posso dirti che non ha mai dubitato di voler fare la giornalista, è sempre stata così determinata... non so, per alcuni scatta qualcosa, una specie di vocazione. Io non so che pesci prendere, non mi sento chiamata a svolgere nessun mestiere in particolare. Vorrei poter provare tutti i lavori del mondo e poi scegliere. Lo trovi stupido?»

«Hai ventiquattro anni, il mio consiglio è quello di esplorare le tue potenzialità, ci sarà tutto il tempo per fare scelte responsabili. Francamente, sono l'ultima persona al mondo che può farti la paternale, ho mollato ogni certezza per sentire di essere sulla strada giusta. Sto bene qui, è un buon posto per cominciare, è una buona cosa che tu sia qui con me, stasera, sono felice di averti incontrata. A volte si aprono strade nuove e, nella sfida di percorrerle, corriamo il rischio di ritrovare noi stessi».

Annuisco e mi sento alleggerita di tutto, non sento più il peso del futuro che grava su di me. La sua voce è consolante e balsamica. Quest'uomo mi sorprende. Sono accaldata, raccolgo i capelli in una coda e lo sorprendo a fissarmi.

«Avevi ragione, sono eccezionali!», dico cambiando argomento.

«Allora, ho fatto centro?», sorride e poi torna a guardare il menù «Vuoi un secondo, un dolce?», mi chiede premuroso.

«No, ti ringrazio, va bene così».

«Prendi un caffè, un amaro?»

«No, sono a posto».

Si rabbuia e attira l'attenzione del cameriere per chiedere il conto.

«Come preferisci, ti riaccompagno subito in albergo».

Poggio la mia mano sulla sua.

«Facciamo due passi, ti va?»

«Con piacere» torna a sorridere, «pensavo volessi scappare via».

«Sono stata bene, molto bene. Non mi capitava da parecchio tempo».

«Pure io, Margareth. Non ti conosco, ma è bello parlare con te; solitamente sono molto riservato, con te trovo semplice aprirmi. E poi, se mi permetti, sei la donna più bella che io abbia mai incontrato».

«Ci sai fare, è innegabile...»

Prende il palmo della mia mano e con l'indice ne segue le linee, io lo lascio fare, seguo il suo tocco e mi sento scaldare dentro.

«Tu credi che esistano vite destinate a incrociarsi? Insomma, viviamo nello stesso Paese e ci troviamo dall'altra parte del mondo, anzi, meglio dire ci scontriamo, ripetutamente, qui a New York che in qualche maniera ci ha chiamati a sé. Strano e, scusa se mi ripeto, ma tu sei bella in un modo tale da farmi desiderare di...»

Il cameriere ci consegna il conto, con un po' d'imbarazzo sorridiamo e quando usciamo all'aria fresca della sera ci ritroviamo faccia a faccia. Si scombina i capelli e mi prende ancora le mani.

«Voglio farti vedere una cosa, vieni».

«Ho un ragazzo», lo interrompo.

«Ah, scusami, io... non potevo sapere. Ti riaccompagno immediatamente se preferisci», dice con tono formale, ritraendo le mani.

«No, ti prego, facciamo questa passeggiata. È complicato, non volevo pensarci stasera. È una storia che non ha più ragioni sufficienti per rimanere in piedi e che chiuderò non appena tornerò a Roma».

«Sono stato abbastanza sincero con te, ti ho spiegato che amo la chiarezza», mi ammonisce.

«Sono sincera anch'io, Marco, è una storia finita, anche se non ufficialmente. Non mi ha neppure accompagnata in aeroporto e non lo sento da quando sono qui».

Resta pensieroso per qualche istante e poi annuisce, deciso a credermi anche se gli costa fatica.

«Grazie per la fiducia, dove volevi portarmi?»

Camminiamo in silenzio per un po'. Mi trascina nell'Upper West Side, lungo la Central Park West, in mezzo a un viale di olmi americani. A quest'ora il paesaggio è suggestivo. Mi conduce davanti a una pietra a mosaico circolare.

«Questo è un omaggio a John Lennon, guarda la scritta "Immagine", è diventato un messaggio di pace universale. E lui chi era? Era solo un sognatore, come te, ed era sicuro di non essere l'unico».

Lo bacio, non posso farne a meno, e lo cingo con le braccia stringendolo forte a me. Non c'è imbarazzo, come se quest'intimità fosse la cosa più naturale del mondo. Lui risponde al mio bacio e ogni tanto si stacca dalle mie labbra per prendermi il viso tra le mani e guardarmi, e mi accarezza con decisione e, al diavolo Jacopo, non ho più difese. È uno di quegli uomini capaci di farti sentire donna, ho ventiquattro anni e devo lasciare che la vita mi sorprenda.

«Dio mio, cosa mi hai fatto? Sei bellissima, non smetto di pensarlo e mi piace il tuo sapore».

«Grazie… sono della stessa opinione, mi piaci. E tu chi sei per farmi questo?»

«Lascio che sia tu a deciderlo, non voglio farti pressioni, decidi tu che cosa vuoi che io sia per te. Fosse per me… non te lo dico, è presto, non voglio correre, Meg», dice passandomi un dito sulle labbra.

Mi sento rimescolare dentro ed è la sensazione più dolce che abbia mai provato. Potrei fare le capriole dalla gioia, mi sento piena, libera, innamorata, protetta, invincibile.

«Aspetta un attimo. Non ti ho chiesto quando ripartirai. Quanto tempo resterai ancora qui a New York?», mi domanda a un tratto.

«Tutto il tempo che servirà».

«Mi sembra sufficiente, saprò approfittarne».

Mi guardo intorno e osservo gli alberi rigogliosi, i larghi viali, la luna, le panche in ferro battuto; guardo i lampioni, le linee del viso dell'uomo che ho di fronte, il suo torace, i suoi capelli, i suoi occhi.

Non vado proprio da nessuna parte.

La vera follia sarebbe lasciare tutto questo.

Sorridiamo euforici e torniamo a esplorarci.

-2020-

Suona la sveglia. La odio. Devo buttarla e non m'interessa cosa pensa Jacopo. Non voglio mai più aprire gli occhi.

Da questo sogno proprio non avrei voluto svegliarmi, mi sento strappata con violenza dalle braccia dell'uomo perfetto. Dalla promessa della felicità, della passione. No, non è giusto, volevo dirgli ancora mille cose, volevo chiedergli di sua madre, del suo lavoro e non mi interessa nemmeno di tutelare la mia psiche. Marco mi manca da impazzire. Vorrei ci fosse un modo… un mondo possibile per noi.

Questa volta piango, mi sento tremendamente attaccata a qualcosa che non c'è. Ho trovato la felicità nell'illusione.

Non potrò mai averlo, lui non esiste. Marco è frutto della mia fantasia. E non so perché mi stia capitando tutto questo, sono sempre stata una persona equilibrata, ferma e abbastanza razionale. Mi alzo spasmodica per controllare che il ventaglio esista ancora. Eccolo, quest'oggetto è il legame con l'impossibile. La chiave. Mi sta accadendo qualcosa. Questo ventaglio indica che questo qualcosa non accade solo nella mia testa. Qualcuno ha messo quest'oggetto nella mia borsa. Devo sbrigarmi, devo aprire la libreria, i ragazzi per fortuna sono da mia madre, li ha lasciati Jacopo. Non sarei riuscita a occuparmi anche di loro.

Sòfia ha ragione, deve esserci una spiegazione, spero sia qualcosa di felice, vorrei avallare le sue ipotesi ottimistiche… un pensiero da parte dei ragazzi, magari! Sono alla cassa e tengo il ventaglio tra le mani, delicatamente, quasi possa dissolversi, o esplodermi in faccia.

Mi ritrovo a esaminarlo, l'immagine è molto vivida, ma purtroppo non ci sono marchi riconoscibili, è solo una stampa su carta, potrebbe essere stato acquistato ovunque. Lo annuso e mi sembra di sentire l'odore di New York, lo smog, le vongole, l'odore di quell'uomo. Non dovrei, ma mi lascio andare al ricordo di questi ultimi sogni e sento un formicolio al collo se penso al suo sguardo diretto, uno sguardo che sa vedermi davvero... per forza: L'ho inventato io. No, così non va bene.

Cerco di rielaborare con lucidità i fatti, ma non è facile, c'è qualcosa di profondamente irrazionale che mi sfugge.

Devo provare a guardare a questa situazione dall'esterno. Analizziamo meglio: la notte sogno di andare indietro nel tempo e visito New York, la mia città natale. Sin qui niente di strano, se non fosse per il fatto che il sogno è continuativo.

Secondo elemento di rilievo: ho una cotta per un uomo immaginario che cerca di fare colpo su di me, il che gli riesce molto bene.

Fatto numero 3: un oggetto ha attraversato la barriera onirica.

Nonostante i primi due eventi siano anch'essi innaturali, è quest'ultimo fenomeno che rimane il più preoccupante, passiamo il limite. Qui si gioca il mio equilibrio psichico. Io non sono pazza, so di non esserlo, di certo sono un po' triste perché Jacopo mi manca e ho il grande rimpianto di non aver ancora visitato New York; la mia coscienza potrebbe avere elaborato un mondo parallelo in cui tutto va alla grande, in cui mi sento pienamente realizzata. Il mio subconscio però non può far materializzare un ventaglietto nella mia borsa, mi dico. Anche se fossi squilibrata sarebbe un fatto senza precedenti, questo oggetto è reale, tangibile. Ho la tachicardia. Devo parlarne con qualcuno, uno psichiatra forse, ma prima vale la pena di capire se si tratta di qualcos'altro.

La porta del negozio si apre e d'istinto nascondo il ventaglio in borsa. È Jacopo e sono felice che sia lui, è mio marito, saprà aiutarmi.

«Buongiorno, come va?»

«Bene, dai, è stata una mattinata produttiva. Sono riuscito a chiudere le pratiche all'Inps e a fare un versamento alla posta, nonostante sia giornata di ritiro pensioni. C'era una bolgia. Sono un po' stanco. Vuoi un caffè?»

«Magari una camomilla».

«È successo qualcosa?»

«Sì e no. Siediti un secondo per favore».

«Dimmi».

Tiro fuori il ventaglietto dalla tracolla e lui lo fissa inespressivo e impaziente.

«Grazie, è molto carino!»

«Grazie di che?», mi chiede fissandomi con un pizzico d'ironia.

«Ti dice niente questo?»

«No, dovrebbe?»

«Mi chiedevo se per caso lo avessi messo tu nella mia borsa, l'ho trovato stamattina».

«No, non vedo perché avrei dovuto farlo, ma qual è il problema?»

«Il problema è che non ce l'ho messo neppure io. Stanotte l'ho sognato e poi l'ho ritrovato qui dentro», obietto.

«Avrai dimenticato di averlo messo lì, magari lo hai preso tempo fa. Sei seria? Pensi che metta roba nella tua borsa a tua insaputa?» ribatte aprendo la bocca a un sorriso cinico.

«Non ti sto accusando, mi chiedevo se non fosse un regalo, è di New York, guarda!»

«Meg, mi hai stancato con questa storia del sogno, io non so che fare, non so più che dirti. Forse è il caso di farti vedere da qualcuno? Dura da troppo e adesso cominci pure a credere a certe stronzate. Cosa pensi? Che venga sul serio da New York, fammi capire... credi che provenga dal tuo sogno? Per questo sei così turbata?»

«L'ho pensato, sì. Prova un secondo a seguirmi. È strano, dico solo che prima non c'era e adesso c'è. Non sono folle! Lo vedi anche tu, no?»

«Certo che lo vedo. Toglimi questo coso dalla faccia, Meg, smettila, sul serio, usa la testa. Questa roba si trova ovunque. Forse devi prendere degli integratori per la memoria. Stai iniziando a preoccuparmi. Ti stai rifugiando in un mondo immaginario. Svegliati, ci sono i ragazzi da accudire. Sei una mamma, non puoi permetterti di credere ancora alle favole. Anch'io ho bisogno che tu sia più concreta».

«E io ho bisogno di avere un uomo accanto, anche tu non sei il massimo della presenza e delle attenzioni, ultimamente».

«È questo che vuoi, attenzione? Per questo ti sei inventata questa storia?»

«Io non ho inventato proprio niente. Capisco che sia strano, ma è vero. Non puoi dubitare della mia sincerità. Lo sai, non sono una bugiarda».

«Sarà... come dici tu! Hai inoltrato l'ordine di Matteucci?»

«Sì, certo. Grazie per il supporto. Adesso scusami, ma ho bisogno di un po' d'aria, torno più tardi».

«L'aria non basta, in certi casi ci vogliono gli psicofarmaci», sussurra lui.

Mi volto a guardarlo ma non aggiungo altro, com'è bravo a ferirmi. Ci riesce come pochi.

Raggiungo l'auto e salgo su, ma non riesco a mettere in moto, chiudo gli occhi e prego di trovare la forza di reagire.

Perché mio marito all'improvviso mi si rivolta contro? Non sarà che abbia davvero a che fare con quello che mi succede? No, è una cosa che accade solo nella mia testa, non si può innestare un sogno nella mente di una persona. Devo controllarmi, ragionare, altrimenti l'equilibrio mentale lo perderò di sicuro. Jacopo non sarà certo il massimo della sensibilità o dell'amore, ma non c'entra con i miei sogni. Fatto sta che non mi ama, questo ormai è chiaro, sento la sua rabbia. Probabilmente per lui io sono un ostacolo, adesso. Sembra un orso in gabbia che freme per scappare. Per me, arrivata a questo punto, può anche andarsene. Che trovi da sé il coraggio! Non voglio nemmeno pensare a come potremmo fare con il lavoro, uno dei due dovrebbe licenziarsi e i ragazzi… ci penserò quando sarà il momento. Quanto vorrei che i miei sogni fossero realtà e che questo fosse solo un incubo.

Quel luogo, nel parco, era tanto romantico, non ne avevo mai sentito parlare. Era così suggestivo… mi piacerebbe esistesse realmente.

Un momento. Potrebbe? Ho sempre dato per scontato che fosse solo un sogno e non mi sono data la pena nemmeno di fare delle ricerche, devo verificare. Prendo un foglio dalla borsa e mi segno alcuni particolari visti in sogno. Vorrei solo ricordare il cognome di Marco. E se esistesse? Che diavolo vorrebbe dire? C'è davvero un filo che ci lega gli uni agli altri in questo mondo cinico? E ripenso al mio presente, a Jacopo, all'uomo che ha saputo deludermi, risucchiando ogni mia speranza e spegnendomi il cuore.

8

-2001-

Dopo la magnifica serata trascorsa insieme, Marco mi ha accompagnata in taxi fino al nostro hotel. Lui deve tornare al suo ristorante per parlare con lo chef. Prima di lasciarmi scendere, però, mi ha trattenuta con un lungo bacio che mi ha tolto il respiro.

«Posso invitarti a cena domani sera al ristorante che gestisco? Ci tengo alla tua opinione... e mi serve una buona scusa per rivederti».

Gli sorrido, limitandomi a un cenno affermativo con la testa. Quest'uomo, oltre al respiro, mi ha tolto anche le parole.

Percorro il tratto che mi separa dalla mia camera quasi senza rendermene conto. Persino la salita in ascensore è durata niente, neppure il tempo conta più.

Sòfia è sdraiata sul letto a guardare un film.

«Ancora non dormi?», le chiedo guardando l'orologio. «È tardi».

«Scherzi? Come avrei potuto dormire senza sapere com'è andata la tua serata?», ribatte curiosa.

«Oh, merda! Sono così scombussolata. Non... non capisco cosa mi stia accadendo, così, all'improvviso».

«Per adesso, limitati a raccontarmi i fatti. A capire ci penseremo dopo» mi incita, incapace di tenere a bada l'entusiasmo.

Le racconto tutto per filo e per segno. Siamo come due sorelle, non ci siamo mai nascoste niente. Mentre parlo, lei mi fissa in silenzio con uno sguardo sognante, nel quale scorgo anche un'ombra di tristezza.

«Lo so cosa pensi, che sono una fedifraga, non merito la fiducia di un uomo!»

«Meg, ma come ti viene in mente che io possa giudicarti? E per cosa, poi? Questo non è un tradimento...»

«Sì che lo è», ribatto rosa dai miei sensi di colpa. «Io e Jacopo stiamo ancora insieme...»

«Davvero? E, allora, perché lui non è qui con te?»

«Oh, di questo ne abbiamo già parlato, Sòfia. E non la trovo una giustificazione per me e per quello che sto facendo».

«Sei troppo severa con te stessa. La vita è così breve, Margareth», mormora con rammarico.

«Che hai? Sembri triste».

«No, semmai sono un po' invidiosa. Ho sempre sognato un colpo di fulmine. È una cosa così rara e così... bella. Goditela, cara. Te la meriti tutta, credimi».

Mi do un colpo in testa.

«Scusa, Sòfi! Non ti ho ancora chiesto com'è andata la telefonata con quelli de *La Gazzette*! Sono imperdonabile...»

«Sì, è vero, per punizione, domani sera indosserai l'abito che ti consiglierò io! La telefonata comunque è andata benissimo. Farò il colloquio non appena sarò di ritorno da questo viaggio», risponde entusiasta.

Ci addormentiamo tra scherzi e risa e ci svegliamo eccitate per il programma della giornata. Visiteremo il MoMA, il famoso Museo d'Arte Moderna di New York.

Trascorriamo lì dentro diverse ore, incantate dalle architetture, dalle sculture, dalle fotografie, le illustrazioni, i film... ci sembra di percorrere la storia del secolo appena terminato in un solo giorno. All'uscita, ci rendiamo conto che è tardo pomeriggio e abbiamo saltato il pranzo.

«Per fortuna avevamo fatto un'abbondante colazione in hotel, solo che adesso ho un buco allo stomaco», si lamenta Sòfia.

«Prendiamo un hot dog», le propongo. «Guarda, laggiù c'è un chiosco dove li vendono».

Io ne prendo uno con cipolle e salsa di senape, Sòfia con ketchup.

«Mio Dio, quanto è buono!» esclamo, dopo aver dato il primo morso. «Mangiare hot dog davanti al MoMA. Cosa volere di più dalla vita? Potrei morire anche adesso».

«Non dirlo neanche per scherzo» mi rimbrotta la mia amica con veemenza. «Stasera hai una cena importante, l'hai dimenticato? Vedi di arrivare almeno a quella», scoppia a ridere anche se c'è qualcosa di stonato nella sua risata.

«Accidenti, Sòfia! Grazie per avermelo ricordato. Ora, però, mi si è chiuso l'appetito», ribatto imbarazzata al solo pensiero della cena di stasera.

«Ma, dai! Piuttosto, diamoci una mossa. Dobbiamo scegliere il vestito che indosserai...»

«Ma non voglio lasciarti da sola un'altra sera».

«E che sarà mai? Cenerò al ristorante dell'albergo, fanno roba buonissima. E, se sono fortunata, avrò anch'io un colpo di fulmine».

Sòfia mi costringe a indossare un tubino nero, troppo sexy per i miei gusti.

«Se non volevi indossarlo, perché l'hai portato?», mi domanda, vedendo la mia espressione dubbiosa.

«Pensavo di metterlo per una serata in discoteca, non per un appuntamento romantico con un quasi sconosciuto».

«La realtà supera sempre la fantasia, non lo sapevi?», ribatte Sòfia. Mi fissa quasi in adorazione e, poi, mi abbraccia. «Vai e divertiti, tesoro», mi sussurra all'orecchio, in un tono di voce quasi impercettibile.

Lo sguardo di ammirazione di Marco, quando mi vede uscire dall'ascensore, mi manda in fibrillazione. Ho come la sensazione che stiamo correndo troppo e che, da un momento all'altro, ci sarà un impatto, qualcosa che distruggerà tutto. Mi guardo intorno, ma stavolta non c'è niente con cui possa scontrarmi. Soltanto lui che viene verso di me.

«Buonasera, Meg», mi saluta in tono melodico.

«Buonasera», rispondo, senza riuscire a dire altro.

Mi sfiora la mano, poi la stringe.

«Andiamo? Il taxi ci sta aspettando».

«Sì, andiamo».

Il percorso per giungere al suo ristorante dura all'incirca quaranta minuti.

Nessuno dei due parla, ma lo fanno i nostri sguardi e le nostre mani. Con il tatto percorriamo ogni solco, ogni incavo del palmo, del dorso, delle dita, del polso. È un continuo sfiorarci, mano nella mano, pelle contro pelle che provoca brividi di piacere in tutto il corpo e un senso di euforia diffuso. È come una droga. Non pensavo si potesse fare l'amore con un semplice sguardo o con un casto tocco di mani. Con Jacopo non è mai stato così, neppure i primi tempi.

Il suo ristorante è al ventesimo piano di un grattacielo. Ha fatto riservare un angolo soltanto per noi. Dalle vetrate si vede la città illuminata, le luci colorate la fanno brillare nella notte. Sono talmente felice che mi viene da piangere. Marco si accorge del mio turbamento.

«C'è qualcosa che non va?», mi domanda premuroso.

«No, no... è tutto ok», gli sorrido. *Anche troppo*, mi verrebbe voglia di aggiungere. *Sei talmente perfetto che Jacopo non regge il confronto*, penso. A un tratto provo di nuovo la sgradevole sensazione che tutto questo finirà, perché prima o poi dovrò partire. Maledizione, la vita può fare simili scherzi?

«Scusa, ho bisogno di andare in bagno».

«Prego, le toilette sono alle nostre spalle, segui il corridoio fino in fondo e, poi, a destra», mi indica gentile.

«Grazie, torno subito».

«Aspetta...», mi afferra un braccio. La sua stretta è calda, rassicurante. «Io... io devo chiederti scusa. So... lo so di averti travolta con la mia irruenza, con la mia presenza quasi assillante. Ma voglio farti sapere che io ci sono, sono accanto a te, in carne e ossa... mi senti?» E stringe ancora più forte il mio braccio.

Mio Dio! Ora mi legge anche nel pensiero?

Fuggo via verso il bagno, quasi atterrita dalle sue parole. Sono talmente sconvolta, che urto un carrello colmo di stoviglie... Boom!

-2020-

Il suono continuativo e fastidioso di un clacson s'insinua nelle orecchie e mi sveglia. Non ci posso credere! Mi sono addormentata in auto.

Torno in me, ricordo la litigata con Jacopo, i miei propositi prima di addormentarmi. Sul sedile accanto a me c'è un foglietto con gli appunti che avevo scritto... i luoghi, i particolari del sogno. Decido di chiamare Sòfia, non mi sento giudicata ad aprirmi con lei. Prendo il cellulare dalla borsa e viene fuori il ventaglietto. Il pomo della discordia.

«Pronto?», risponde al terzo squillo.

Scoppio a piangere al telefono.

«Meg, che è successo?», la sua voce è allarmata.

«Niente di nuovo. Ho litigato con Jacopo. Posso dormire da te stasera? I ragazzi non ci sono e non ho alcuna voglia di stare sola con lui».

«Ma certo, non devi neppure chiederlo! Ora dove sei?»

«In auto. Mi sono addormentata e... accidenti, ho dormito più di tre ore! Era mezzogiorno quando sono uscita dalla libreria».

«Spero che l'auto non fosse parcheggiata al sole, fa un caldo pazzesco nell'ora di punta».

«No, no... tranquilla, sono all'ombra. Ascolta, ho pensato di annotarmi tutti i dettagli del sogno. Voglio cercare riscontri con la realtà... magari c'è qualcosa che esiste veramente».

«Non mi sembra una buona idea, Meg. Però ti aiuterò. Così, quando scoprirai che non c'è niente di vero, ti convincerai una volta per tutte che si tratta di un sogno, ok?»

«Ok», rispondo, mio malgrado.

«Ora vai a casa mia, citofona alla portiera e fatti dare la chiave del mio appartamento. Le lascio sempre una copia della mia, per le emergenze».

«Va bene, ti ringrazio, Sòfi».

«E di che? Stasera cercherò di tornare prima dall'ufficio. Ordiniamo delle pizze e ci guardiamo un film».

«Perfetto! Il programma è di mio gradimento. A dopo».

Invio un messaggio a Jacopo per avvisarlo. Sono certa che non sentirà la mia mancanza. Infatti mi risponde subito con un laconico "ok".

Trascorro il pomeriggio a casa di Sòfia cercando di ricordare tutti i particolari vissuti in sogno. Li ho annotati tutti su un block-notes ancora intatto che ho trovato sulla scrivania della mia amica. Sono certa che non se ne dispiacerà. Ho ricopiato quelli che avevo scritto sul foglio in auto e ne ho aggiunti altri, cercando di metterli anche in ordine temporale. Su tutto, comunque, spiccano sempre quegli occhi... gli occhi di Marco. E il suo odore, il tocco delle sua mani, la sua voce... Mi sembra così reale, adesso. Perché non riesco a convincermi che sia solo un sogno?

Quando Sòfia entra in casa, mi trova pensierosa, afflosciata sul divano. Accanto a me, il suo taccuino aperto, con una penna in mezzo.

«Bene», mi sorride. «Vedo che ti sei già organizzata. Tu continua a scrivere i tuoi appunti... io, nel frattempo ordino le pizze».

«Oh, Sòfia! Scusa, non ci ho proprio pensato. Ma dove ho la testa?»

«Tranquilla, ho una corsia preferenziale con un amico che lavora alla pizzeria qui sotto», mi fa l'occhiolino e corre al telefono.

Poco dopo, torna soddisfatta.

«Le pizze saranno qui fra mezz'ora. Ne approfitto per fare una doccia... ti dispiacerebbe apparecchiare, nel frattempo?»

«Ma certo che no. In cucina?»

«No, apparecchia sul tavolino davanti al divano. Così, mentre mangiamo, guardiamo la TV. Ho una sorpresa per te».

«Hai noleggiato un film?», domando curiosa. «Scommetto che è un film girato a New York» provo a indovinare.

«No, ma ci sei andata vicina. Per ora non ti dico altro, è una sorpresa».

«Ok, ok. Va' pure a fare la doccia» le sorrido commossa. Sòfia è davvero un tesoro. Non so come sarebbe la mia vita senza di lei.

Torna dopo circa mezz'ora con i capelli ancora umidicci e con indosso una comoda tuta estiva.

«Ora va decisamente meglio!», esclama con il suo solito sorriso che mi apre il cuore.

Lo squillo del citofono ci avverte che le pizze sono arrivate.

«Ci penso io», mi dice. «Tu nel frattempo accendi la TV».

Torna poco dopo con i cartoni delle pizze. Le sistemiamo sul tavolinetto davanti al divano. Una capricciosa e una vegetariana, emanano un odorino strepitoso che mi riapre l'appetito. Vedo che sono già tagliate a fette.

«Il tuo amico ha pensato proprio a tutto», commento soddisfatta.

«Aspetta... ora viene la sorpresa».

Sòfia prende una videocassetta dalla sua borsa e la inserisce nel videoregistratore.

«Cosa è?», sono rosa dalla curiosità.

Le immagini dell'11 settembre cominciano a scorrere dinanzi ai nostri occhi. Poco dopo una voce, in lingua inglese, comincia a parlare. È un documentario.

«Si tratta di un cortometraggio girato da un'emittente newyorkese, subito dopo gli attentati. Vengono esaminati diversi oggetti ritrovati in mezzo alle rovine. Il documentario era stato acquistato da una TV italiana perché fosse mandato in onda anche qui, ma non fu mai doppiato nella nostra lingua. È rimasto in archivio. Un mio amico giornalista ha provveduto a farmene avere una copia, domani dovrò restituirla», mi spiega.

Il mio cuore comincia a galoppare all'improvviso. L'entusiasmo di poco prima mi abbandona in un istante. Quelle immagini di morte e distruzione devastano il sogno americano in cui mi sto cullando in questi giorni. Forse è proprio questo l'effetto che Sòfia voleva ottenere?

Dinanzi a noi si alternano, messe a confronto, immagini delle Torri Gemelle prima dell'attentato e di ciò che ne è rimasto dopo... uffici, vetrate, ascensori, specchi, arredi, oggetti di vario genere.

Quando giungono le immagini del ponte di osservazione della Torre Sud ho un tuffo al cuore.

«Ci siamo state lì, Sòfia... è esattamente come nel sogno!», esclamo.

«Meg, queste immagini le avrai viste in centinaia di film... tutti quelli romantici ambientati a New York hanno scene girate lì».

Subito dopo viene ripreso il ristorante che sembra un vagone della metropolitana, dove vendevano i famosi hot dog di Sbarro e Nathan. Senza che me ne accorga, una lacrima scivola sulle mie guance.

«Lì... siamo state anche lì, Sòfia!»

La mia amica mi guarda preoccupata, ma ancora non è convinta.

«Anche questo l'avrai visto da qualche parte. Magari una rivista di cucina o di viaggi», ribatte con sicurezza.

Qualche istante dopo la bellezza di quegli ambienti si dissolve per far posto a frammenti di distruzione. Nelle macerie si intravedono pezzi di quello che doveva essere stato l'arredamento del ristorante: banconi, sedie, tavolini. Viene anche ripreso il dettaglio del bordo di un tavolino... e un urlo mi spacca le orecchie prima ancora che mi accorga di essere stata io a gridare.

«Ferma, Sòfia! Ferma l'immagine».

La mia amica sconvolta preme il pulsante pausa sul telecomando.

«Che succede, Meg? Sei impallidita, stai tremando. Ti senti male?»

«Guarda, guarda, Sòfia».

«Cosa? Cosa devo guardare, Meg? Vedo solo un tavolino distrutto».

«La scritta. La scritta sul bordo del tavolino!»

Sòfia si avvicina allo schermo per vedere meglio.

«C'è... c'è un cuore disegnato con un pennarello e, accanto, ci sono due iniziali con la data: A & G, 21.07.2000».

Si gira verso di me con sguardo interrogativo.

Prendo il blocco con i miei appunti abbandonato sul divano, sfoglio le prime pagine e glielo porgo.

«Leggi. È uno dei primi particolari del sogno che mi sono rimasti impressi e che ho trascritto... E ora cosa mi dici? Come lo spieghi?»

Sòfia legge le parole scritte da me sul suo taccuino, prima di aver visto il documentario.

«Oh, mio Dio», mormora sconsolata. «Che cosa ho fatto?»

«Niente, tu non hai fatto niente. Ma a me sta accadendo qualcosa di molto grave. E questo non è un sogno!», asserisco con impeto indicando il fermo-immagine sul televisore.

«Aspetta, magari c'è una spiegazione. Potresti aver visto altrove queste immagini».

«Hai detto che il documentario non è mai stato mandato in onda in Italia».

«Ma ne hanno trasmessi altri. Hanno fatto tante trasmissioni su quella tragedia...»

«Non ricordo di aver mai visto niente del genere in TV. Se proprio vuoi saperlo, le evitavo appositamente le trasmissioni che parlavano dell'11 settembre. Mi faceva male pensare alla mia città del cuore ridotta in quel modo».

Sòfia abbassa le braccia con disappunto e va a sedersi sul divano.

«Sòfia», la chiamo. «Io non sto impazzendo, vero? Questo non può essere frutto della mia fantasia».

«No, cara. Non sei pazza, questo è sicuro. A quanto pare ci sono cose che vanno al di là della nostra comprensione. Forse dovremmo esserne contenti e, invece, non riusciamo ad accettarlo».

9

-2001-

Mi risveglio attorniata da lenzuola bianche, è mattina, la luce è accecante. Dov'è Sòfia? Sono molto stordita, disorientata; la chiamo debolmente, ma non ottengo alcuna risposta. Non sono sicura di come io sia arrivata qui. La stanza è fredda e mi bruciano gli occhi, forse è ancora troppo presto. Dormo solo un altro po'.

Decido di alzarmi, ora va molto meglio, guardo i grattacieli riflessi sul vetro della camera e mi affaccio. Un'altra stupenda giornata qui a New York; il traffico fa da colonna sonora e in lontananza avverto i rumori di un cantiere che danno il ritmo a questa città pulsante di vita, questo martellare sembra il suo battito e i colori la sua anima.
Faccio una doccia e sono di nuovo frizzante quando trovo un biglietto piegato in due sotto la porta.

Cara Meg,
sono arrivato in questa città da solo, determinato a costruire una nuova carriera, un uomo nuovo, a lasciarmi la mia storia personale alle spalle e, mentre guardavo New York con speranza, sei entrata in scena tu; col tuo fascino senza eguali, il tuo naso sottile e i tuoi meravigliosi capelli neri, hai fatto irruzione nella mia vita e vorrei

riuscire a trattenerti con me. Vorrei stupirti, lasciare il segno, vorrei che tu mi ricordassi, vorrei che tu mi conoscessi davvero e spero tanto che il tempo insieme, le mie parole e i miei silenzi ti rimangano impressi nella memoria.

Vediamoci nella hall alle 10:00
Marco

Bene, Marco ci sa fare con le parole, non posso fare altro che dargliene atto, quantomeno è più semplice attribuire a questo la mia reazione emotiva... la tristezza e la nostalgia per qualcosa di troppo bello che si rischia di perdere. Forse non sono abbastanza sincera con me stessa, se mi guardo dentro capisco che è Jacopo quello che ho perso, la persona che il mio cuore sta lasciando andare lentamente.

Fa un po' male allontanarsi da qualcuno che hai amato, anche quando sai che è un bene per entrambi. È presto per buttarmi tra le braccia di un altro, è difficile, una parte di me sta vivendo un lutto per la sua assenza... Eppure qualcos'altro sta nascendo, un fiore germoglia silenzioso, un sentimento nuovo mette radici e colma i vuoti lasciati.

Il telefono che suona mi fa sussultare.

«Pronto?»

«Meg, sono mamma. Come stai oggi, piccola?»

«Mamma, che bello sentirti. Sto bene, qui è tutto meraviglioso. Giuro che sono molto tentata di restare. Devi tornarci, lo rifaremo insieme, sarebbe bello».

«Meg, sono papà, mi senti?»

«Papà, ciao! Ci sei anche tu? Non sei al lavoro? Che ore sono lì?»

«Come va? Sai... sto leggendo un libro molto bello, mi piacerebbe parlarne con te».

«Certo, papà. Ora però ho un appuntamento... con Sòfia. Devo scappare».

«Ci manchi, cara e anche alle tue sorelle. Lo sai?»

«Anche voi, torno presto, tranquilli».

Scendo giù nella hall e trovo Marco seduto, legge un libro e sembra molto sereno. Lo guardo e mi sorride, i suoi occhi sono luminosi e molto comunicativi.

«Buongiorno Meg, dormito bene?», mi sfiora dolcemente gli zigomi.

«Buongiorno, sì... forse no, in effetti. Ho un vuoto di memoria, non ricordo come sono finita qui. Eravamo al ristorante e poi... buio, ti prego, spiegami».

«Forse risenti della stanchezza del viaggio. Ti ho accompagnata io in camera ieri sera».

«E abbiamo...? Cioè, noi due... insomma...»

Ride e mi stringe le mani: «Voglio sperare che lo ricorderesti se avessimo fatto l'amore!»

«Scusa, sì. Lo ricorderei senza ombra di dubbio. Sono solo stordita».

«Non è successo nulla ieri, ti ho lasciato sulla soglia della tua camera. Ti ho fatto fare troppo tardi, scusami. Oggi faremo qualcosa di rilassante, non voglio stancarti».

«Sto bene, tranquillo, ho fatto solo uno strano sogno, era uno di quei sogni intensi che sembrano troppo reali. Possiamo andare, riposerò quando tornerò a Roma, ora voglio vedere ogni angolo di questa città».

«Cosa hai sognato, se posso chiederlo?»

«Non prendermi in giro, però».

«Promesso».

«Avevo due bambini, ero grande, ero sui quaranta, credo, dovevo portarli dalla nonna; poi ero con Sòfia nel suo appartamento, a Roma, e parlavamo di te, di questo viaggio a New York avvenuto in passato, non so dirti molto altro, era tutto un po' annebbiato... ma c'è una cosa che mi ha turbata, qui era accaduto qualcosa di brutto».

«Hai fatto un mezzo incubo, insomma. Non pensarci. A me non capita quasi mai, vado a letto quando sono così esausto che cado spesso in un sonno senza sogni. Cosa dicevi di me con Sòfia? Sono molto curioso».

«Adesso chiedi troppo. Forza, è arrivato il nostro taxi. Che facciamo di bello?»

«Chiedi troppo anche tu, mi dispiace, ma sto facendo quanto in mio potere per sorprenderti e rendere il tuo soggiorno qui indimenticabile. Mia complice sarà New York, ormai è un'amica, non mi deluderà. Sulla quinta strada, per favore».

«Grazie per il biglietto. A proposito, sei stato molto carino», dico avvicinandomi ai suoi occhi.

«Da chi hai preso questi tratti orientali? Hai due occhi a mandorla molto particolari».

«La mia bisnonna era un'orfana della Giordania, è stata adottata da una famiglia italiana; sono l'unica ad averne ereditato l'aspetto, le mie sorelle sono bionde».

«Il tuo viso è disarmante, sei bellissima. E queste labbra carnose, da dove arrivano?», mi dice sfiorandole con la sua bocca.

«Queste le ho prese… non saprei…»

Ci stacchiamo l'uno dall'altra solo quando il taxista richiama la nostra attenzione, divento paonazza, mi ero scordata dove fossi. Mi piace baciarlo e stare tra le sue braccia.

Marco paga il taxi, scende dall'auto e mi apre la portiera: Siamo da Tiffany.

Guardo con gratitudine il mio accompagnatore, sono ipnotizzata dalle vetrine scintillanti e cerco di frenare il mio entusiasmo prima di entrare; faccio un bel respiro, qualche passo in avanti… e sono in un mondo ovattato color fiordaliso.

«È uno spettacolo, Marco».

«Sono felice che ti piaccia».

«Come potrebbe essere altrimenti? Tiffany è parte della storia di questa città, un'icona di romanticismo».

«Non ero sicuro apprezzassi il romanticismo, sembri una persona pragmatica».

«Credimi, ogni donna, in ogni parte del mondo, subisce il fascino che emana. È anche meglio di come lo avevo immaginato, guarda i commessi, come sono raffinati... sembrano dei gioielli anche loro».

Facciamo un giro per i piani dell'edificio e Marco fa da Cicerone. A piano terra c'è il meglio, i gioielli più importanti, dai prezzi inaccessibili... eppure alle casse c'è un flusso ininterrotto.

Mi mostra lo spettacolare diamante Tiffany in esposizione, e saliamo su per gli altri piani. Sembra di essere catapultati in un mondo dove il male non esiste, penso quando la cameriera ci fa accomodare al Blue Box Café. Mi seggo su una morbida e avvolgente poltroncina e mi guardo intorno: chiunque si trovi qui, viene per regalarsi un momento magico. Tutto questo turchese trasmette pace e purezza, le stoviglie bianche e blu Tiffany sono deliziose e il cibo è servito con cura.

«Potrei vivere in questo caffè», dico con allegria.

«Vuoi che m'informi per l'affitto?»

«Sul serio, si sta bene qui, hai avuto una splendida idea, era proprio quello di cui avevo bisogno».

«Sì, forse sì, ma ho come la strana sensazione che manchi qualcosa... tu no?»

«No, non mi pare, è tutto perfetto. Non capisco, vuoi prendere un dolce?»

«No, non è quello... Ah, ecco! Ora è chiaro: dopo una colazione da Tiffany, ci vuole un gioiello; sì, tieni Margareth», mi porge esitante la delicata scatolina blu.

«Oddio, non dovevi, non era necessario... Grazie, è bellissima».

«Margareth, guarda che il regalo non è la scatola, dovresti provare ad aprirla».

«Scusa, hai ragione, ma sembra davvero un peccato».

A questo punto però sono curiosa, sfilo lentamente il nastro di raso bianco e la apro. Fisso la graziosa collana per qualche istante e mi commuovo, è un filo sottile di pallini d'argento con un piccolo ciondolo turchese a forma di cuore.

«Gira il ciondolo, coraggio».

«Please return to Tiffany & Co. New York.», leggo.

«Please return to me, Meg».

Viene dietro di me, sfila la collana dalla scatolina e l'aggancia attorno al mio collo, accarezzandomi e lasciandomi senza fiato. Poggio la mano sulla collana e mi sento pervasa dalla gioia.

«Posso baciarti?»

-2020-

Apro gli occhi e comprendere che si trattava di un altro sogno stavolta mi devasta. Lo rivivo nella mente come un'esperienza dolce-amara. Il lato svilente di questi sogni è il fatto che al risveglio la mia vita reale mi sembra insulsa e mediocre; piangerei se non mi trovassi qui, mi sforzo per preservare un po' della mia dignità.

Sòfia mi ronza intorno e sorride quando mi vede sveglia.

«Allora, dove sei stata stanotte? Central Park, MoMA, pattinaggio sul ghiaccio, Torri Gemelle?», dice cinguettante.

«Da Tiffany, sulla quinta strada».

«Fantastico, sarà pure un po' inquietante, però devi ammettere che è divertent...» Si arresta di colpo paralizzandosi, poi si avvicina in preda allo sgomento:

«Lo vedo, sei stata da Tiffany, stanotte... a New York...»

Il suo volto ora è cereo, ha la bocca spalancata; seguo i suoi occhi che spiegano l'origine del suo turbamento, fissano il mio collo e d'istinto vi poso il mio palmo... No, non può essere: indosso la collana.

Ora sono terrorizzata anch'io, mi sfilo il gioiello con mani tremanti e osservo incredula la catenina, il cuore, l'incisione.

No, non è plausibile. Ho ancora in testa la eco della voce di quell'uomo che mi sussurra "Return to me" con tono fermo e caldo e penso solo che vorrei tanto che ci fosse un modo. Perché a questo punto forse una parte di me lo ritiene ammissibile, inutile ingannarsi ancora, mettere davanti a tutto il raziocinio. Come dice Sòfia, alcune cose possiamo solo accettarle.

Cerco aiuto nei suoi occhi, ma è rimasta senza parole, è persa nel suo silenzio. Non c'è niente di logico in tutto questo.

«Non avere paura. Facciamo così: ora ci vestiamo, prendiamo un bel caffè e poi dovrai dirmi con esattezza quello che hai sognato. Non devi tralasciare un solo dettaglio, nemmeno uno. Credo sia di vitale importanza. No, adesso capisco quanto siano assurdi questi sogni Meg, scusa se non avevo pienamente compreso, hai ragione, questa storia è insensata».

Davanti a un caffè riusciamo di nuovo a parlare, le racconto tutto, sperando sia importante. Mi vergogno un po' solo quando le parlo della piega che sta prendendo il rapporto con il ristoratore pisano, mi sembra un'incursione nelle mie fantasie sessuali più remote, ma decido di sbottonarmi ugualmente, mi serve un pieno e reale confronto.

«Non so più cosa pensare di me stessa. Avevo dato per scontato che Marco fosse una mia fantasia, l'incarnazione dell'uomo dei sogni. Credevo di essere una patetica moglie insoddisfatta che vive nei sogni una vita felice...»

«Lo speravo anch'io, per la verità, ma a questo punto è troppo riduttivo. Questa collana, come il ventaglietto, sono oggetti esistenti, apparentemente saltati fuori da un sogno».

«E se non fosse solo un sogno?», azzardo con timidezza.

«A che ti riferisci? Realtà alternative, portali, fantascienza? Dai, Meg...»

«Come ti spieghi allora questa collana? Come ha fatto ad arrivare al mio collo? C'eri solo tu. E, a meno che tu non mi abbia voluto fare un terribile scherzo, non c'è altra spiegazione. Dobbiamo guardare oltre».

«Se non fossi stata a casa mia avrei dubitato di Jacopo. Non lo so, quando mi hai detto della storia del ventaglietto, della sua reazione... Ho fatto due più due pensando anche all'atteggiamento che ha nei tuoi confronti in questo periodo. Credevo ci fosse lui dietro questa storia, ma mi sbagliavo. Stanotte eri da me».

«L'ho pensato anch'io, e c'è un fondo di verità... Arrivati a questo punto ritengo che voglia lasciarmi e che abbia l'intenzione di tenere con sé i ragazzi, ho considerato l'ipotesi che volesse farmi sentire pazza. Questa situazione forse lo sta aiutando, ma non farebbe mai di sua sponte qualcosa del genere, e soprattutto lui non può avermi messo addosso questa collana. Si torna al punto di partenza, la pazza sono io».

«No, sono sicura che non sia così. Ci deve essere un'altra spiegazione. Hai mai sofferto di sonnambulismo?»

«Non che io sappia, perché?»

«Dovresti domandarlo a tua madre. Potresti svegliarti la notte e immaginare una vita diversa, magari fare acquisti su internet. Alcune persone ne soffrono».

«Tutte le probabilità sono da vagliare, è una possibilità remota, ma quantomeno è razionale. Potrei anche avere una personalità bipolare?»

«No, non credo. Ti conosco da una vita e sei sempre stata fedele a te stessa, mite. Però non mi sento più di scartare elementi di questo tipo, per quanto mi sembri assurdo. Quello che possiamo e dobbiamo escludere è la possibilità che esista davvero quel mondo parallelo... quello sì che è irragionevole. Devi farti visitare, Meg, credo che tu non abbia altra scelta. La tua vita rischia di andare a rotoli, pensa ai bambini».

«Sì, hai ragione. Mi serve aiuto».

«Dovresti pure parlarne con Jacopo, magari potete ancora recuperare...»

«Sono esausta».

Saluto Sòfia e mi dirigo verso casa, trovo Jacopo ad accogliermi con un abbraccio.

«Scusami tanto, sono stato odioso, mi dispiace per quello che ti ho detto. Stanotte non ho chiuso occhio».

Sapessi io...

«È vero, sei stato troppo duro, ma capisco cosa detta le tue emozioni. È finita, no? Non è questo quello che vorresti dirmi?»

«No, non è finita per niente. Sei mia moglie, Meg. Io ti amo ancora», dice abbandonandosi sul divano «ma mi sento inadeguato, non c'è più contatto tra noi. Questa storia dei sogni mi fa dare di matto, non so come gestirla, ti allontana da me. Quando mi hai detto del ventaglio poi, non lo so... mi dispiace, ho perso il controllo».

«Lo capisco».

«Meg, dovresti farti seguire da un terapista per questo problema e, se vorrai, dopo faremo terapia di coppia. Sono disposto a fare di tutto. Io voglio rimediare, voglio che funzioni, che torni tutto come prima».

Non riesco a fare altro che annuire, è troppo doloroso starlo a sentire.

«Un mio amico mi ha raccomandato una dottoressa, Simona Angioli, mi ha assicurato che è molto brava, ha aiutato la moglie che ha avuto un esaurimento nervoso, per la menopausa. Adesso sono sereni... Se vuoi, ti prendo un appuntamento. Hai fatto altri sogni?»

«No, non ho sognato nulla, forse è passata... ma va bene, sono d'accordo a parlarne con qualcuno. La mia priorità siete sempre voi, lo farò per te, per i bambini».

«Vieni qui», dice facendomi posto accanto a lui «supereremo tutto. Può darsi tu abbia solo bisogno di aiuto per dormire meglio, magari non è nulla, solo un po' di stress».

«Davvero faresti terapia di coppia?»

«Sei importante per me».

«Anche tu lo sei».

Jacopo mi bacia e cerco di lasciarmi andare, ma anche quando facciamo l'amore mi sembra di assistere alla proiezione di un film, sono alienata, distaccata dai miei cinque sensi. Continuo a pensare alla collana, riesamino l'ipotesi che solo qualche ora fa sembrava plausibile: il sonnambulismo. Ora, però, non mi suona tanto più razionale di un portale per una realtà alternativa. Quando avrei fatto l'acquisto, se il sogno l'ho fatto solo stanotte? Chi me l'avrebbe recapitata? A che ora? Di certo non di notte... La stessa cosa è accaduta per il ventaglietto, si è materializzato al mattino, subito dopo averlo sognato. Per questo non ho detto a Jacopo della collana, in fondo non mi fido del tutto, avverto che in qualche modo lui sa qualcosa ed è sempre meglio non fornirgli materiale ulteriore che possa disintegrare oltre la mia credibilità.

Non appena Jacopo si addormenta lascio un messaggio alla casella vocale della dottoressa, voglio assecondarlo e prendere un appuntamento, è importante che non dubiti della mia sincerità. Mi fermo un attimo a specchiarmi all'ingresso. Ma cosa penso? Ora sembro una di quelle pazze calcolatrici fissate col complotto... No, Jacopo vuole solo aiutarmi, io probabilmente sono affetta da disturbi del sonno. Andrà bene, prenderò dei farmaci se sarà necessario, non voglio perdere la stima dei miei figli.

Cerco di dirottare altrove i miei pensieri. Prendo dalla borsa la collana e il ventaglietto, voglio sbarazzarmene e non pensarci più. Tiro fuori dall'armadio la mia scatoletta dei ricordi d'infanzia e glieli caccio dentro per poi seppellirli in fondo allo sgabuzzino. Torno in camera e mi metto vicina a mio marito: è lui il mio compagno, è lui che devo amare, è lui il padre dei miei figli. Si tratta solo di sforzarmi un po'. Passerà tutto se m'impegno. Poggio la mia testa sul suo petto e prego affinché il mio cuore si accordi con la mia testa.

10

-2001-

Quando ha visto la collana, Sòfia è rimasta a bocca aperta.
«Pensi anche tu che sia troppo?», le domando.
«Cosa? L'uomo o il gioiello?», la mia amica mi schiaccia l'occhio e scoppia a ridere.
«E dai, non prendermi in giro. Davvero, Sòfia... Non riesco a scrollarmi di dosso questa sensazione».
«Quale?»
«Bè, che sia tutto troppo perfetto... dovrà pur avere dei lati negativi. Finirà col deludermi anche lui, la sintonia esatta tra due persone non può esistere davvero. Dov'è il tranello?»
«Perché devi rovinarti il momento con queste sciocchezze?»
«Non sono sciocchezze! Lo sai anche tu che nella vita reale la perfezione non esiste».
«Ok, ok... non è strano che tu provi questa sensazione. Ti sei innamorata! È questa la verità, cara. Sei in quella fase iniziale della relazione in cui tutti crediamo che l'oggetto dei nostri desideri sia l'incarnazione dell'ideale che avevamo in testa e la cosa è talmente esaltante da non sembrare vera. Perché, in effetti, non lo è...»
«Non lo è?», domando come una bambina a cui stanno spiegando l'A, B, C.

«Certo che no! Dopo i primi tempi, quando i bollori della passione saranno svaniti, comincerai a notare i difetti, a vederlo per come realmente è... insomma, un po' come ti è accaduto con Jacopo. La quotidianità cambia le cose».

«Non dirmi che finirà come con Jacopo... non adesso!», ribatto delusa.

«Aspetta, non volevo dire questo... tu e Jacopo eravate troppo diversi. Voglio soltanto ricordarti che le sensazioni che stai provando sono normali e sono la parte bella della vita. Vorrei che tu godessi appieno di questi momenti, senza preoccuparti del resto...», conclude esprimendo malinconia.

Mi siedo sul letto sfinita, sto combattendo una battaglia con me stessa.

«Forse hai ragione, Sòfia. Però questo viaggio sta diventando qualcosa di molto diverso da come l'avevamo immaginato. Insomma, doveva essere il nostro viaggio... io e te insieme a New York. Invece, negli ultimi giorni, quasi non ci siamo viste...»

«La vita spesso prende pieghe inaspettate, cara. Ma non preoccuparti per me. Io mi sto divertendo alla grande anche così. Vederti così felice mi ripaga di tutto».

«Di cosa? Di cosa ti ripaga? Che hai? Ho la sensazione che tu mi nasconda qualcosa...»

«Ma che dici? Parlo delle difficoltà della vita... in generale».

Perché non le credo? A quali difficoltà si riferisce?

«Che programmi avete per domani mattina?», riprende la mia amica, cambiando discorso.

«Trascorrere l'intera giornata al Central Park. Vogliamo fare un pic-nic. E, stavolta, tu verrai con noi! Marco è già avvisato e non sento ragioni».

«Va bene, va bene. E sia. Domani pic-nic a Central Park», acconsente.

L'indomani, dopo una lauta colazione, ci vediamo con Marco nella hall alle 10:00. Lui è già andato e tornato dal suo ristorante, portando con sé tre cesti colmi di cibo e bevande.

«Hai preso roba per un intero reggimento?», commenta Sòfia, ridendo.

«Lo stretto necessario per non farvi morire di fame, l'aria aperta mette appetito, non lo sapete?»

Ci avviamo verso il taxi che ci attende all'ingresso, Marco deposita i cestini nel bagagliaio e si mette davanti, accanto all'autista, lasciando a me e Sòfia tutto il sedile posteriore.

Durante il tragitto ridiamo e scherziamo come adolescenti in gita scolastica. Ciò nonostante, non mi sfuggono gli angoli più reconditi della città che cerco di memorizzare come fossero gioielli preziosi da custodire per sempre.

Ed eccoci ancora al Central Park, il meraviglioso polmone verde di New York. La giornata è calda e luminosa, l'ideale per un'immersione nella natura. Faccio un respiro profondo per introitare aria fresca e godermi i profumi di fiori e di cibo che ci investono da più parti. Eppure c'è qualcosa che mi blocca, proprio al centro dello sterno, e che impedisce alla mia cassa toracica di aprirsi come vorrei. Sòfia mi guarda ed è come se mi leggesse nel pensiero.

«È ansia», mi dice. «Cerca di rilassarti, ok?»

Ansia? Può darsi. Forse senso di colpa? Per un attimo il pensiero di Jacopo appare nella mia mente, ma lo scaccio come un insetto fastidioso. Ho relegato questo capitolo della mia vita a quando farò ritorno a Roma. E, ormai, so con certezza che sarà il capitolo conclusivo di una storia che forse è durata troppo a lungo.

«Avete qualche preferenza su dove posizionarci?», ci chiede Marco.

«Certo! Davanti al laghetto, se possibile nella stessa angolazione di visuale ritratta nel ventaglietto che mi hai regalato», dico con determinazione.

«Accidenti, questa è una richiesta molto precisa e richiede una memoria da elefante che purtroppo non possiedo. Mi faresti rivedere il ventaglietto, in modo da riuscire a orientarmi?»

«Sì, solo un secondo, l'ho messo nello zaino…», infilo la mano nella tasca laterale, convinta di trovarlo lì, ma non c'è. Eppure ero sicura di averlo portato. Svuoto lo zaino, con l'aiuto di Sòfia, ma il ventaglietto non compare.

«Forse l'hai lasciato sul comodino o in uno dei cassetti», ipotizza la mia amica.

Marco è deluso, ma sorride.

«Fa niente, vedrò di raccapezzarmi lo stesso. Seguitemi, ciurma!»

«Agli ordini, capitano!», rispondiamo in coro.

Raggiungiamo il laghetto in una ventina di minuti di camminata e, in effetti, Marco riesce a trovare un angolo dal quale si gode una vista magnifica sul laghetto e sulla città. Stendiamo la tovaglia sotto l'ombra di un grande albero e ci rilassiamo.

Mi distendo sull'erba e ho la sensazione di essere accolta nel ventre della terra. Dei raggi di sole riscaldano la mia pelle e mi avvolgono in un tepore rassicurante. Ma di nuovo sono turbata, quando chiudo gli occhi, mi assale un'angoscia irragionevole, un'inspiegabile paura di venire ingoiata dal buio. Ha ragione Sòfia. Mi sto facendo prendere dall'ansia. Riapro gli occhi, vedo Marco e la mia amica rilassati; lei, più in là, sta facendo delle foto, mentre lui, seduto sull'erba con le spalle appoggiate al tronco dell'albero, è impegnato a leggere un libro di ricette.

«Hai deciso di diventare chef?», lo stuzzico divertita.

«No, no… faccio formazione, se voglio gestire bene un ristorante, devo conoscere bene il prodotto», mi spiega.

«Mi sembra un buon proposito. Ne approfitto per fare un giretto».

Sòfia, però, è lontana e non mi ha neppure sentito.

«Vuoi compagnia?», mi chiede Marco gentile.

«No, tranquillo, rimani pure a leggere. Faccio solo due passi per sgranchire le gambe».

Mi avvicino al lago a passo lento. Mi guardo intorno soddisfatta, mi sento proprio in Paradiso. Questa vacanza ha superato ogni mia aspettativa. Vedo in lontananza il riflesso dei grattacieli sull'acqua, fisso il movimento delle onde lasciate dalle barche. Una delle piccole imbarcazioni a remi viene verso la riva e i due occupanti, un uomo e una donna, chiacchierano mentre lui rema con lentezza, come per far durare il momento. Come dargli torto? Non può esserci scenario migliore per una giovane coppia.

A un tratto i due volgono lo sguardo verso di me. Istintivamente sorrido e sto per fare un cenno di saluto quando qualcosa mi blocca, facendomi ghiacciare il sangue nelle vene. L'uomo, ormai vicino alla riva, somiglia in modo impressionante a Jacopo... è Jacopo! Non può essere, è proprio lui. Mi fissa da lontano, senza parlare. E la donna... anche lei mi fissa dietro gli occhiali scuri, ne sono certa! Non ne individuo i lineamenti, coperti da un largo cappello di paglia, ma non mi sembra di conoscerla. Mio Dio, chi è quella donna? E Jacopo che ci fa qui?

Mi giro per richiamare l'attenzione di Sòfia, ma quando mi volto la barca si sta già allontanando. Torno indietro correndo e chiamo Sòfia, che mi vede stravolta. Per fortuna, Marco è lontano e non mi vede.

«Che hai? Che ti è successo?», mi domanda allarmata.

«Per favore, Sòfia, non farti sentire da Marco. Non voglio rovinare questa giornata».

«Sì, ma... sei pallida e stai tremando. Sembra tu abbia visto un fantasma!»

«E, infatti, è così: Jacopo è qui! Era su una barca a remi sul lago… era con una donna che non conosco e mi fissava. Mi fissavano entrambi».

La mia amica mi ascolta incredula.

«Sòfi, per favore, ascoltati. Ti rendi conto che è assurdo quello che dici? Jacopo non è venuto con te perché ha paura di volare. Come sarebbe arrivato qui? Nuotando? Anche fosse vero, anche quando avesse un'altra, l'avrebbe portata proprio qui a New York, dove sa benissimo che ci sei tu? È chiaro che hai visto qualcuno che gli somiglia, non è Jacopo, il tuo senso di colpa ti ha fatto credere che fosse lui».

La sua logica riflessione non fa difetto.

«È vero, Sòfia. Deve essere così… Ma che diavolo mi sta succedendo?»

«Penso che tu debba risolvere al più presto la cosa con lui. Perché non lo chiami, e intendo stasera?»

«Lasciarlo per telefono? Non potrei mai fare una cosa simile!»

«Sì, non è bello, ma a volte le circostanze ci costringono ad agire in un modo che non vorremmo. Pensaci su e stasera decidi, ok?»

«Ok», le rispondo più calma. Sòfia, con i suoi pacati ragionamenti, è riuscita a tranquillizzarmi.

La giornata prosegue serena e senza altri intoppi. Qualche ora dopo siamo nella nostra camera in hotel. Cerco con foga il ventaglietto, ma non riesco a trovarlo. Un dubbio lancinante mi attraversa la mente. Corro a guardare nella tasca interna del mio trolley, dove ho conservato la collana di Tiffany.

«Mio Dio, non c'è, non c'è!», urlo disperata.

Sòfia accorre dal bagno in accappatoio e con i capelli bagnati.

«Che succede ancora?»

Calde lacrime accompagnano i miei singhiozzi, non riesco neppure a parlare. Sòfia mi afferra e mi scuote con forza.

«Meg, Meg! Non fare così, parlami, parla».

-2020-

Mi sveglio di soprassalto, con il volto bagnato dalle mie lacrime. Stavolta ho la sensazione di essermi svegliata da un incubo. Sembra che il mio bel sogno stia assumendo un taglio differente.

Ripenso al ventaglietto e alla collana spariti. D'impeto mi alzo e corro a prendere la mia scatoletta dei ricordi, che ho nascosto nello sgabuzzino. La apro e... sono lì. Nel punto esatto in cui li avevo lasciati. Tutto questo è assurdo. È come se dal sogno questo oggetti fossero transitati nella realtà, nel mio oggi... come se avessero superato una barriera, una linea di confine. Ma l'aspetto peggiore e più oscuro di questa vicenda è che adesso il presente stia travalicando la stessa barriera, infiltrandosi nel mio sogno e interferendo con esso. Colgo un serio rischio in tutto questo, sembra fatto apposta per confondermi, per non farmi più capire la differenza fra realtà e fantasia, fra cosa è reale e cosa non lo è!

È ufficiale. Ho bisogno urgente di terapia. Devo affidarmi a qualcuno che abbia le conoscenze e la capacità di spiegarmi cosa sta avvenendo intorno a me oppure solo nella mia testa.

Il bip di un messaggio di testo sul mio cellulare mi scuote dall'angoscia. Corro a leggerlo.

"Buongiorno, sono la dottoressa Simona Angioli. Ho ascoltato il messaggio che mi ha lasciato in segreteria, era piuttosto agitato. Se la sua è un'urgenza posso farle posto oggi stesso, mi hanno appena annullato un appuntamento. Mi dia conferma. Lo spazio libero è alle 15:00, il mio studio è in via Giannotti 2, primo piano. A risentirci".

Gentile la dottoressa, penso. Sembra quasi che pure lei mi abbia letto nel pensiero. Trovo sia tremendo che la mia agitazione traspaia così dalla mia voce senza che io me ne renda conto, non vorrei che i ragazzi percepissero il mio stato d'animo. Dopo aver inviato il messaggio di conferma, faccio una doccia veloce, prendo un caffè al volo e lascio un bigliettino sul tavolo per Jacopo. Rimarrò in libreria tutta la mattina, lui potrà prendersela libera per poi sostituirmi nel pomeriggio, quando io andrò all'appuntamento con la dottoressa. Sono sicura che sarà felice della notizia.

Trascorro la mattina a spuntare sui documenti di trasporto i nuovi arrivi e ad aggiornare la prima nota, ma mi tremano le mani, sono troppo nervosa. Sono entrati solo un paio di clienti, si sono limitati a girare per gli scaffali senza acquistare nulla. Per fortuna verso mezzogiorno entra Laura, con un'espressione entusiasta sul viso.

«L'ho letto in due giorni, un libro di più di seicento pagine!»

La fisso con aria interrogativa.

«Shirley, di Charlotte Bronte! Me ne avevi parlato bene, ricordi?»

«Ah, sì certo!», cerco di riprendermi e le sorrido. Lei non può immaginare che negli ultimi giorni la mia vita sta andando a rotoli e io vivo più in un mondo parallelo che in quello reale.

«Bene, se è così, allora, adesso ti consiglio Villette, della stessa autrice. È il suo ultimo romanzo e non voglio anticiparti altro. Ma penso che ti piacerà ancora di più».

Laura mi ringrazia soddisfatta. Dopo averlo acquistato, esce dal negozio reggendo il libro in mano come un trofeo.

Un po' mi pento di averglielo consigliato. Ha uno dei finali più tragici che abbia mai letto. Uno di quei libri che ti fanno toccare con mano la crudezza della vita, ma anche la sua bellezza. Quella ragazza è ancora così giovane e sensibile, è giusto che ne venga turbata?

Fermati, fermati subito. È stato detto abbastanza. Non turbare nessun cuore tranquillo e buono; lascia che l'immaginazione speri ancora. Sia ancora concesso di sognare la delizia della gioia che rinasce dal grande terrore, il rapimento della salvezza dal pericolo, il meraviglioso sollievo dall'angoscia, il godimento del ritorno. Possano immaginare anche il ritorno e la vita felice che seguirà.

Le ultime parole di Charlotte Bronte sembrano rivolte a me. Rimbalzano nel mio cervello come un triste presagio. In realtà sono dirette a qualsiasi cuore capace di sperare ancora, anche se si comprende benissimo che si tratta solo di una vana illusione. Forse è solo questo che la mia mente sta facendo.

Ingannarmi nel sogno di una vita felice, una vita che mai è stata e mai potrà essere.

Guardo l'orologio. Sono le 13:00. Chiudo il negozio e vado al bar qui accanto. Mi siedo presso un tavolino, ordino un sandwich e una minerale naturale. Ma non riesco ad andare oltre il secondo boccone. Ho lo stomaco chiuso.

Come trascorrerò il tempo che mi separa dall'appuntamento con la dottoressa? Stamattina ho visto sulla mappa che l'indirizzo dello studio è in zona centro, nei pressi di piazza di Spagna. Lascio l'auto parcheggiata vicino alla libreria e prendo la metro.

Faccio una passeggiata per le vie del centro, mi infiltro tra la folla dei turisti, cerco di distrarmi ascoltando le altre lingue e di non pensare. La bellezza senza tempo della mia città mi stupisce ancora una volta e mi dà conforto. Ma è una consolazione breve, fugace. Presto l'angoscia torna a tormentarmi.

Mi soffermo dinanzi alla vetrina di un negozio di souvenir. Tanti Pinocchi in legno di tutte le grandezze sfilano dinanzi ai miei occhi come una fanfara. Ricordo che, da piccola, li collezionavo. A un tratto, il riflesso di una figura sul vetro del negozio mi colpisce. Mi è familiare quella figura slanciata, e anche qualcosa del suo modo di muoversi. Poi si toglie gli occhiali da sole e... Dio mio! Quegli occhi! Quegli occhi azzurri sono i suoi! Il mio cuore comincia a galoppare. Mi giro e chiudo gli occhi... Quando li riapro, non lo vedo. È sparito, non c'è più! O, forse, non c'è mai stato. Di certo stavolta si è trattato di una proiezione della mia mente.

Vengo assalita dal terrore, le mie gambe tremanti si piegano e mi siedo sui gradini del negozio. Esce la commessa, per chiedermi se sto male, se ho bisogno di aiuto.

«No, no, grazie... solo un capogiro», mi affretto a rispondere.

«Venga dentro, signora, si sieda un attimo... Marzia, prendile un bicchiere d'acqua».

Le due ragazze sono gentili e si prendono cura di me finché non mi sono calmata. Guardo l'orologio e sono quasi le 15:00. Ora ho la sensazione che il tempo sia volato. Esco da lì e mi affretto a recarmi all'appuntamento.

Non mi è difficile trovare la via. Il portiere dal centralino avvisa la dottoressa del mio arrivo e mi indica la direzione. Primo piano, porta a destra. Anche se c'è l'ascensore, preferisco le scale. Il palazzo è di quelli antichi e maestosi, ha un'architettura curata.

Mi accoglie una segretaria anonima che mi fa accomodare in sala d'attesa. Dopo qualche minuto, m'informa che posso entrare.

La dottoressa Angioli è una bella e giovane donna, slanciata e dalla forma invidiabile. È bionda, porta i capelli raccolti in un alto tupè e dei grossi occhiali neri dietro ai quali spiccano due occhi grigi e intelligenti. Mi sembra di conoscerla, anche se non credo di averla mai vista prima. Forse è perché somiglia a Eva Kent, la fidanzata di Diabolik. Da ragazzina ero un'appassionata di quel fumetto.

Mi chiede di raccontarle tutto dall'inizio. La avviso che è una storia lunga.

«Sono qui per ascoltarla. Ho tutto il tempo», mi tranquillizza. «Se può rasserenarla ho annullato anche gli altri appuntamenti pomeridiani».

Non posso fare a meno di domandarmi perché si sia presa tutto questo disturbo per me.

«Lo faccio sempre con i primi appuntamenti», mi spiega rispondendo al mio interrogativo non espresso. «Mi serve un lasso di tempo più ampio per prendere confidenza con il caso e con la persona. È il mio approccio, il mio metodo personale. Non fanno tutti così. Ogni terapeuta ha il suo modo di lavorare».

«Capisco», rispondo. Comincio a raccontarle del primo sogno, e poi del secondo e così via. Parlo a ruota libera, cerco di ricordare anche i minimi particolari, le scarico tutti i mei dubbi, il mio turbamento, le mie paure, le mie angosce.

Lei si limita ad ascoltarmi in silenzio e a prendere appunti. Ogni tanto alza lo sguardo su di me e mi fissa come se volesse entrarmi dentro e rivoltarmi come un calzino. Mi mette un po' in soggezione. Ma è normale, mi dico. Deve capire con chi ha a che fare, andare oltre alle parole, comprendere ciò che io stessa non so di me.

Alla fine del mio racconto mi fissa un appuntamento per il lunedì successivo, sempre alla stessa ora. Rimango delusa.

«Ma… non mi dice niente, dottoressa? Che mi sta succedendo? Sono impazzita all'improvviso? Potrebbe trattarsi di banali disturbi del sonno? Dovrò prendere dei farmaci?»

«È un po' presto per darle delle risposte. Stia pur certa che la pazzia non esiste, su questo posso già tranquillizzarla. Ci vediamo la settimana prossima».

Un po' generica. Un ghiacciolo sarebbe stato più espressivo. La saluto ed esco dal suo studio con la sensazione che sarò divorata da una voragine da un momento all'altro. Come inizio non è proprio il massimo.

11

-2001-

Io e Sòfia mettiamo sottosopra l'appartamento, rovesciamo il contenuto delle nostre borse e dei nostri bagagli sul letto, controlliamo in bagno, sotto ai letti, nei cassetti, dentro l'armadio, rivoltiamo anche la biancheria sporca; Sòfia si è fermata e guarda alla finestra, anche da questa distanza capisco che è turbata quanto me.

«Basta, è inutile, segnaliamolo alla direzione e continuiamo a goderci il viaggio», mi dice.

«Sòfia, ragioniamo per assurdo... e se Jacopo fosse davvero qui? Potrebbe aver...»

«Non dire scemenze», m'interrompe subito. «Meg, con lui è finita, vuoi lasciarlo e non potrei essere più d'accordo, ma non è un pazzo. Frena la fantasia, sarà stata la cameriera».

«Hai ragione, ma l'ho visto, mettiti nei miei panni... È difficile accettare di averlo solo immaginato, lui non sarà pazzo, ma neppure io. Perché un ladro avrebbe dovuto prendere anche il ventaglio di carta?»

«Quello ti sarà caduto dallo zaino. Basta, Meg, non parliamone più, sono stanca, vado a denunciarne la scomparsa. Ti consiglio di parlare con Jacopo nel frattempo».

Annuisco in silenzio e la guardo andare via. Fisso il telefono e raccolgo le forze per digitare il numero di Jacopo. Nessuna risposta. Chiamo mia sorella.

«Pronto, Lu'?»

«Buonasera, sorellina, come stai?»

«Bene, alla grande, New York non mi ha delusa, abbiamo visto di tutto, e c'è pure bel tempo. Sòfia sta facendo parecchie foto, non ti anticipo niente. Quando torneremo voglio organizzare una serata documentario di questo viaggio, voglio mostrarvi delle diapositive».

«Bello, grande idea. Per il resto? Ci sono novità? Hai sentito Jacopo?»

«No, non mi ha mai chiamata e non risponde al telefono. Tu hai notizie?»

«È stato alla larga anche da noi, mi dispiace. Che farai?»

«Non ho molta scelta, si è già allontanato da me prima di questo viaggio…»

«Che stronzo però a rovinarti così questo momento, poteva rompere al tuo ritorno anziché tormentarti così».

«Peggio per lui. Nemmeno io sono stata una santa… Ho incontrato un uomo qui».

«Brava, sono fiera di te. Temevo che soffrissi e non ti godessi la vacanza, ma mi sorprendi. Non c'è bisogno che te lo dica, vogliamo anche le diapositive che lo ritraggono e tutti i dettagli».

«Certo, farò in modo d'immortalarlo. Ora devo salutarti, sono stanchissima, ti chiamo in settimana».

«Ciao, tesoro mio. Buon riposo».

Quando apro gli occhi è già l'alba, mi guardo intorno e ogni cosa è al suo posto. Ieri sono crollata, mi alzo e controllo Sòfia; sta dormendo, avrà fatto le ore piccole per rimediare a quel caos, la lascio riposare. Io ho bisogno di uscire. Faccio una doccia e continuo a pensare alla collana e al ventaglio: potrebbe trattarsi di un furto, ma non ne sono tanto convinta. Jacopo. Il suo viso che mi fissa dalla barca mi torna davanti e, anche se Sòfia esclude che sia possibile, io so quello che ho visto, riconoscerei la sua faccia ovunque e non si fa sentire da giorni... Quest'assenza spiegherebbe tutto, potrebbe avermi raggiunto. Forse mi ha visto con quell'uomo quando è arrivato e ha deciso di non palesare la sua presenza, di seguirmi. L'unico buco da riempire è la presenza della donna. Non ho idea di chi possa essere. Mi tampono i capelli con un asciugamano e sento la voce di Sòfia; mi dispiace, l'avrò svegliata col rumore dell'acqua. Apro la porta del bagno e, quando mi vede, smette di parlare e mette giù il telefono. Mi sorride, ma il suo sguardo interrogativo mi fa pensare possa chiedersi se abbia udito la sua conversazione. Non mi piace affatto.

«Buongiorno, già al telefono? Con chi parlavi?», le domando cercando di non far trapelare le mie perplessità.

«Era Bill, mi ha detto che ha inoltrato la denuncia di smarrimento all'ufficio del direttore». Si china per prendere le ciabatte e poi va verso l'armadio evitando il mio sguardo.

«Io me ne vado, Meg. Devo fare quel colloquio, devo scrivere qualche articolo di cronaca da presentare, non posso più stare qui».

«Come sarebbe? Mi lasci sola?»

«Non sei sola, hai trovato un uomo. Mi sembra che tu stia bene».

«Come preferisci, mi dispiace a essere sincera, ma se devi tornare fa' pure. Io resto ancora un po'».

«Sì, parto domani, dispiace anche a me. Sono sicura che starai bene. Hai lasciato Jacopo?», chiede con freddezza.

«Non sono riuscita a ritracciarlo, non risponde alle mie chiamate», replico.

«Scusa, devo fare i bagagli, non verrò con te oggi».

«Bene, a stasera», dico delusa.

Mi preparo più in fretta che posso e scendo giù nella hall. C'è qualcosa che non mi torna, questo cambio d'atteggiamento impulsivo da parte di Sòfia mi lascia basita. Che problemi ha? Si sarà sentita trascurata?

«Buongiorno, Bill. Ci sono messaggi per me?»

«Sì, miss. Un ospite dell'albergo le ha lasciato questo messaggio», mi porge un biglietto piegato in due.

«Grazie». Mi allontano per aprirlo e dentro c'è solo una scritta: Camera 137. Nessun mittente.

Rifletto per qualche istante indecisa sul da farsi, potrebbe essere Jacopo, è qui e vuole affrontarmi. Decido di scoprirlo. Torno verso l'ascensore e seguo le indicazioni affisse al terzo piano per le camere dalla 120 alla 140. Imbocco un corridoio sulla destra e fermo i miei piedi sulla moquette quando arrivo alla porta giusta. Sono spaventata e cerco di farmi forza bussando con decisione, sento i passi che arrivano. Gliene dirò quattro, è un gran cretino, non ci si comporta in questo modo. Mi chiedo se Sòfia ne sappia qualcosa, sembra che le stia piuttosto a cuore che lo lasci in fretta.

«Buongiorno, Margareth, vedo che ti hanno recapitato il mio messaggio».

Resto in silenzio a fissarlo ed emetto un sospiro per scaricare la tensione. È Marco, ovvio che è lui, sto diventando paranoica.

«Ciao».

«Tutto ok?»

«Sono solo un po' giù. Sòfia riparte, me lo ha comunicato adesso».

«Capisco, mi dispiace. Vuoi entrare?»

«Certo, grazie».

«Accomodati. Tutto bene tra voi due? Mi sembri delusa».

«Credo di sì, è per lavoro, mi ha solo sorpreso molto».

«Posso fare qualcosa per tirarti su?»

Vedo che guarda di continuo verso la portafinestra, mi sento ancora paranoica e corro a vedere. Apro le ante che danno su un balconcino e scoppio a ridere. Sto uscendo fuori di testa, sospetto della mia migliore amica, sospetto di un uomo che cerca solo di conquistarmi. Devo finirla.

Marco si avvicina e spalanca le braccia: «Colazione in terrazza, hai fame?»

«Molta, grazie. È bellissimo», rispondo accorgendomi solo ora di quanto sia romantico tutto questo. Un piccolo tavolino per due apparecchiato con lino écru, porcellane e posateria d'argento. Una brocca in cristallo è piena di succo d'arancia, c'è il caffè, dei pasticcini alla cannella e delle paste alle mele. Sul davanzale ci sono delle roselline gialle dal profumo inebriante alternate a foglie d'edera e candele.

«Siediti, dai».

«Perché il tuo balconcino è più bello del nostro? È enorme e pieno di verde».

«Sono sveglio dalle cinque, ti piace?»

Do un morso al pasticcino e mi verso un caffè non mollando i suoi occhi. «È la cosa più bella che qualcuno abbia mai fatto per me. Mio Dio, è buonissimo, assaggia» dico avvicinando il dolce alla sua bocca.

«Proprio vero», mi sorride mentre si versa il succo d'arancia.

Diamo fondo a tutto e poi mi alzo per sedermi sulle sue gambe.

Lo bacio e ci lasciamo andare, mi piace vederlo senza difese, istintivo e fuori controllo. Entriamo dentro, ci sbottoniamo a vicenda e ci guardiamo, in piedi, nudi, l'uno di fronte all'altro. Marco si avvicina, mi mette le mani sulle spalle e scende lentamente. Sono anch'io fuori controllo ed è ora di mettere un'altra piacevole esperienza in valigia.

-2020-

Una voce fastidiosa mi strappa dalle sue braccia, apro gli occhi e accanto a me c'è Jacopo che mi accarezza i capelli, non si rende nemmeno conto che me li sta tirando. Gli tolgo gentilmente la mano dalla mia testa e la bacio. Almeno adesso non mi fa più male.

«Buongiorno, amore. Come va?», mi chiede sfilandomi le bretelle della canotta.

«Buongiorno a te. Sto bene, che ore sono? Siamo in ritardo?»

«Rilassati, è domenica, i bambini dormono», le sue intenzioni sono più che palesi, mi dà la nausea dover digerire questo sguardo ammiccante, simil-sensuale; non regge il confronto con l'uomo dei sogni che ho appena lasciato in albergo a New York.

"I bambini dormono" non è proprio la mia idea di romanticismo. Gli sorrido e lo accontento, so che non è il massimo ma è un modo per ricominciare; facciamo sesso in maniera sbrigativa e immagino che ci sia Marco al suo posto. Quantomeno ci ho provato, anche se la cosa non ha sortito l'effetto desiderato.

Quando finisce lo accarezzo e gli sorrido mielosa, mi alzo con la scusa di prepargli la colazione.

Metto su la caffettiera e preparo l'impasto per i pancake. Il pensiero di far contenti i bambini mi dà gioia, mi consente di andare avanti. Sono loro la mia vita. Apparecchio con cura e mi tornano in mente le parole di mia nonna, cattolica osservante, "C'è più gioia nel dare che nel ricevere".

Ci provo, nonna, provo a concentrarmi sulla mia famiglia, mio marito, i miei figli. Il sogno che ho fatto mi ha lasciata più che mai scombussolata. Devo farmi forza, devo continuare a sorridere sinché il mio cervello non avrà accettato che qui sono felice, non mi serve altro. Jacopo si vuole impegnare per recuperare il nostro rapporto, io... beh... non ho scelta, mi pare. L'alternativa è poco raggiungibile.

Non vale la pena lasciarlo soltanto perché la stanghetta indicatrice della mia felicità non verte al cento per cento. Non ci sono seri problemi, i bambini non meritano questo dolore, non vorrei mai coinvolgerli in lotte per l'affidamento, dissapori economici, liti senza fine.

No, non lo farò, non lo farò perché questo pensiero è determinato da un desiderio insano, sono condizionata dal sogno, il mio malessere scaturisce da queste fantasie che mi disturbano. Sì, è un disturbo e lo tratterò come tale. Amo i miei figli più di me stessa e non permetterò che accada nulla. Parlerò con la psicologa, mi curerò e andrò avanti.

Come due fantasmini silenziosi arrivano uno alla volta i miei ragazzi. Emma mi sorride e mi accarezza i capelli, Lucas si siede direttamente a tavola.

«Pancake?», mi chiede.

Annuisco e mi sorride rilassato. Vorrei che anche per me fosse così facile, che bastasse un dolce a consolarmi. Jacopo ci raggiunge con aria soddisfatta, ora mi viene davvero da ridere, anche per lui basta così poco...

«Che si fa oggi?», chiedo propositiva. «Vi andrebbe di fare un giro? Possiamo andare in un posto carino, all'aria aperta».

«Mamma, ho il compito di fisica domani, devo studiare tutto il giorno. Vado da Walter», dice Lucas.

«C'è il compleanno di Gloria, mi vedo fuori con le ragazze alle tre, compriamo il regalo e poi andiamo a casa sua».

«Ok, sembra che abbiamo la giornata tutta per noi», dico a Jacopo.

«Ho promesso a mio padre che lo avrei aiutato a restaurare un vecchio armadio di mia nonna».

«Ah, ok. Come non detto, faremo un'altra volta. Era solo un'idea», ribatto afflitta.

«Vieni con me, farai compagnia a mia madre».

«Va bene, perché no», cerco di conservare un'aria serena, ma mentre faccio i piatti la delusione mi fa bruciare le guance. Devo impegnarmi di più, passare un po' di tempo insieme ci farà bene.

A fine giornata non ho più quella certezza. Jacopo è stato tutto il giorno impegnato in garage con suo padre e io mi sono dovuta sorbire sua madre e la sua vicina Giulia che spettegolavano sui rispettivi parenti. Per la disperazione mi sono offerta di occuparmi della cucina. Con mio marito abbiamo a malapena scambiato due parole a pranzo e in auto, ma non faceva che parlare del mobile e delle diatribe avute col padre sul modo corretto per procedere al suo restauro. Forse era meglio restare sola a casa, ma pazienza, è questa la vita matrimoniale, vorrei solo essere più capace di trovare la gioia nelle piccole cose.

Del resto l'importante è stare bene.

Mi spoglio e ragiono per alcuni minuti. Cosa posso fare? Qual è la mia parte di colpa in tutto questo? La verità è sempre al centro, sicuramente ho contribuito anch'io alla distanza e alla poca sintonia che c'è tra noi... mi viene un'idea.

Jacopo sta per infilarsi sotto la doccia, potrei raggiungerlo e, se sono fortunata, ottenere un riscatto personale per l'insoddisfazione di stamattina. Mi sfilo il reggiseno e mi metto addosso una leggera sottoveste di seta nera, mi ravvivo i capelli e mi avvicino alla porta del bagno. Lo sento parlare al cellulare.

«Sòfia, tu credi che abbia coscienza di come stiano le cose?»

Dentro mi sento raggelare, stanno parlando di me. Provo a sentire meglio, ma adesso sento solo lo scroscio della doccia... Avrà riattaccato.

Lancio via la sottoveste e metto il pigiama, nascondendomi sotto le coperte. Non so come calmarmi. Piango in silenzio sfogando la frustrazione accumulata durante la giornata. Perché mio marito e la mia più cara amica dovrebbero parlare di me alle spalle?

Non mi piace. Forse pensano che io abbia dei seri problemi di salute. Questa è un'ipotesi plausibile, hanno mostrato entrambi preoccupazione, ma se è così sono stati entrambi poco sinceri, soprattutto Sòfia. Si è finta comprensiva, intenzionata ad aiutarmi, anche se a volte ho percepito la sua insofferenza verso questa storia. Anche in sogno sospettavo di lei: è strano, forse c'è qualcosa tra loro. Sòfia, però, ha sempre mostrato di tollerarlo a malapena. Devo capire, non posso arrivare a soluzioni affrettate, non quando in gioco ci sono persone così importanti nella mia vita. Sòfia mi ha detto di aver conosciuto un uomo, sembrava contenta. Jacopo ha voluto fare l'amore con me, e pure lui mi è parso sereno.

Cosa lo ha spinto alla fine di questa giornata idilliaca a chiamare la mia amica?

Io ho fatto di tutto per dargli sicurezza, gli sono stata vicina, sono stata una brava moglie oggi.

Rischio un esaurimento così. Glielo chiederò e basta. Se vogliamo credere in questo matrimonio, dobbiamo dirci tutto. Mi asciugo gli occhi e mi soffio il naso e, quando viene fuori dal bagno, lo affronto.

«Ti ho sentito parlare al telefono, chi era?», chiedo neutrale e disinvolta.

«Ah, no. Era mio padre... per il mobile. Si è convinto a fare il trattamento antitarme che gli ho suggerito».

«Bene, sarai contento, immagino».

«È il modo giusto per procedere al restauro e se ne è reso conto anche lui. Solo dopo che ha parlato con un vecchio amico falegname, però. È testardo, lo sai».

«Sono sicura che verrà fuori un bel lavoro. Ti dispiace se spengo la luce? Sono molto stanca».

«Certo, aspetta solo un secondo... volevo chiederti: hai fatto altri sogni? Mi è passato varie volte per la mente di domandartelo e poi mi è sfuggito. Insomma... volevo capire se è tutto a posto. Non mi hai più detto di aver sognato New York, non hai più parlato né del ventaglio né della...», s'interrompe bruscamente.

«Né della cosa?», chiedo turbata.

«Della vacanza immaginaria».

«Non te ne ho parlato perché non credo abbia questa grande importanza. Avevo solo dormito male ed ero un po' in pensiero perché le cose tra noi non andavano alla grande. Ma ora è tutto ok tra noi, giusto?»

«Certo, lo sai che ti amo. Sono contento che sia passata».

«Non ti preoccupare. Va alla grande, amore. Grazie. Ieri notte ho sognato che eravamo al supermercato e cercavamo un cocomero dolce». Spengo la luce e spalanco gli occhi incredula.

Sta fingendo, mi nasconde qualcosa. Mi ha mentito prontamente sulla telefonata, ha montato su una storiella in meno di tre secondi, come uno che è abituato a farlo da tempo.

Ma che bravo! Ha a cuore il mio bene, mi ama. Come no? Perché non dovrei fidarmi? Dopo una tale dimostrazione di sincerità. Sono troppo arrabbiata.

Per un attimo ho creduto perfino che si riferisse alla collana. C'è un solo modo in cui sarebbe potuto venire a conoscenza di questa storia... ed è che Sòfia gli abbia raccontato tutto! Ma perché non dirmelo? Di cosa parlano quei due alle mie spalle? Sto andando dalla terapeuta come mi hanno suggerito. Cosa mi sfugge?

Di certo starò più attenta, non racconterò più a nessuno dei due alcun sogno, la cosa mi si ritorce contro in ogni caso.

12

-2001-

Ieri io e Sòfia non ci siamo più incrociate. Lei è rimasta in hotel a rifare le valigie, io ho preferito trascorrere fuori tutto il giorno. Marco aveva del lavoro da sbrigare, così io l'ho aspettato per qualche ora nelle cucine del suo ristorante... Devo ammettere che non mi sono annoiata! Cercando di non dare troppo fastidio, ho imparato mille cose dallo Chef e dal suo staff sulla preparazione di piatti prelibati e sul funzionamento delle cucine di un locale di tali proporzioni. Poi, nel pomeriggio, Marco mi ha accompagnata in giro per la città alla ricerca di cartoline e souvenir.

Quando sono tornata in hotel, Sòfia già dormiva, per cui mi sono messa a letto cercando di non svegliarla. Mi sono addormentata subito per la stanchezza, ma di un sonno leggero. Alle prime luci dell'alba, ho udito Sòfia alzarsi dal letto e andare in bagno. So che deve partire oggi, ma non le ho chiesto l'orario del volo. È probabile che debba partire molto presto.

Mi domando se abbia intenzione di andar via senza salutarmi. Possibile? Cosa è accaduto fra noi? Cosa ha provocato questa sua improvvisa freddezza nei miei riguardi? Mi giro e rigiro nel letto, mentre la sento armeggiare fra il bagno e l'armadio. Ha scostato di poco le tende, forse per non svegliarmi... La camera è ancora avvolta nella penombra.

Con la coda dell'occhio vedo illuminarsi il suo cellulare, appoggiato sul comodino. Si avvicina, lo prende e invia un messaggio. Con chi starà comunicando alle sei del mattino? Poi ricordo che in Italia è mezzogiorno... Potrebbe essere qualcuno della sua famiglia. Magari li sta aggiornando sull'orario del suo arrivo in aeroporto. Sono troppo sospettosa.

Decido di alzarmi. Voglio affrontarla, non ce la faccio a lasciarla partire così.

«Già sveglia?», mi dice quando mi vede in piedi. «Scusa, avrò fatto rumore...», aggiunge imbarazzata.

«Stai scherzando?», ribatto in tono risentito. «Davvero volevi partire senza un saluto? Senza neppure dirmi "ciao"?»

Sòfia mi osserva qualche secondo senza parlare. Poi, viene verso di me e mi abbraccia. Il calore della sua pelle mi avvolge e mi rasserena. La sento tremare sul mio petto. Le sue lacrime bagnano il mio pigiama.

«Si può sapere che ti succede? Sei strana e... non stai mica andando sulla luna. Ci rivediamo fra qualche giorno, no?», la rassicuro scostandola da me.

Voglio osservarla meglio, guardarla negli occhi... ma lei è sfuggente.

«Scusami, cara... è la tensione. Sono nervosa per questo colloquio», cerca di giustificarsi. «C'è in gioco tutto il mio futuro, la mia carriera, il mio sogno...»

«Questo lo capisco. Ma sei sicura che sia soltanto questo?»

«Certo. Che altro dovrebbe esserci?»

«Già, che altro?» La mia voce è un mormorio che sembra giungere da molto lontano. «Vedrai che andrà bene. Sei brava e lo sai. Sei anche ambiziosa e determinata. Raggiungerai tutti i traguardi che ti sei prefissa, ne sono convinta».

«Può darsi. Ciò non vuol dire che questo basti per essere felici».

«In che senso?», le domando curiosa e spiazzata dalla sua osservazione.

«Nel senso che, anche dopo tutti i sacrifici del mondo, la felicità può sfuggirti in un secondo. È un attimo... un attimo di distrazione».

La fisso, come imbambolata. Non capisco questo suo malessere. Ma, qualche istante dopo, sta già scherzando e ridendo come se nulla fosse, mentre ripone le ultime cose nella valigia.

Sono un po' irritata per questo suo umore altalenante. Ma cerco di convincermi che mi abbia detto la verità e che sia nervosa soltanto per via del colloquio. La aiuto a sistemare gli ultimi acquisti in valigia e vado a farmi una doccia. Quando esco, lei è pronta per andare via.

«Vuoi che ti accompagni in aeroporto?», mi offro non riuscendo a nascondere un po' di tristezza per la sua partenza.

«No, tesoro, non c'è bisogno. Il taxi mi sta già aspettando di sotto».

Si avvicina e mi abbraccia ancora una volta.

«Mi dispiace così tanto! Non vorrei proprio lasciarti... ma devo andare. Mi comprendi, vero?»

«Certo, Sòfia, non sono mica stupida! Non hai proprio motivo di dispiacerti...»

«Ok. Abbi cura di te».

Prende il bagaglio ed esce dalla camera, senza voltarsi. È come se lasciasse un vuoto dietro di sé, riesco quasi a percepirlo, toccarlo. Ma non ha senso. Perché la mia amica si sente in colpa? Mi nasconde qualcosa? Il tarlo del dubbio si affaccia di nuovo alla mia mente pronto a logorarmi la giornata.

Mi preparo in fretta e mi precipito nella camera di Marco. Non voglio sentirmi sola neanche per un secondo oggi. Viene ad aprirmi con la camicia ancora aperta. Si stava vestendo.

«Questa sì che è una bella sorpresa!»

Mi accoglie con un sorriso radioso. Senza lasciarmi parlare, mi abbraccia e mi trascina sul letto. Ci baciamo con trasporto, ma lui nota qualcosa in me.

«Che c'è? Hai un'aria strana».

«Ci conosciamo da così poco e non riesco a nasconderti nulla, vero?»

«Non posso che esserne felice. Anche se non mi piace il velo di tristezza che noto nel tuo sguardo».

«Sòfia se n'è andata. Aveva il volo stamattina».

«E allora? La rivedrai a breve. Non è un po' presto per sentirne già la mancanza?»

«Sì, infatti. Ma è il suo comportamento che non mi convince. Era strana, come se si sentisse in colpa. Sento che mi nasconde qualcosa».

«Secondo me stai andando troppo di fantasia. Perché dovrebbe? È una tua amica storica».

«Ieri l'ho sorpresa mentre parlava al telefono con qualcuno, quando mi ha vista ha chiuso in modo repentino la chiamata. E aveva l'espressione preoccupata, come se temesse che avessi potuto udire qualcosa».

Marco mi guarda negli occhi. Anche lui adesso appare adombrato.

«Io ritengo che tu stia esagerando. Forse sei sconvolta per il furto della collana. Ma non devi fartene un cruccio, sono certo che la troveranno. E, anche se così non fosse, è soltanto una collana, Meg! Il tuo sorriso è molto più importante per me».

A quelle parole, mi sento come sollevata da un macigno. Temevo, infatti, che l'avrebbe presa molto male. Lo abbraccio e lo tengo stretto a me, grata per questo momento di felicità. Fino a quando una spina non si conficca nel mio cervello e comincia a farlo sanguinare.

Come l'ha saputo? Come ha saputo Marco del furto della collana? Io non gliene ho parlato, proprio perché ero in ansia per la sua possibile reazione.

Nel frattempo si allontana da me e si avvicina al comò. Tira fuori una busta dal cassetto.

«Sono sicuro che questo servirà a risollevarti il morale!», aggiunge mentre mi porge i biglietti per "The Phantom of the Opera" al Majestic Theater, uno dei teatri più belli di Broadway.

Rimango impietrita. Non so se piangere o ridere. Non ho intenzione di domandargli come abbia saputo del furto, ho troppa paura della risposta. Ipotizzo che lo abbia saputo da Bill, ho notato che parlano spesso, forse sono amici.

No, non voglio rovinare anche questo rapporto, dubitando di un uomo che sta facendo di tutto per conquistarmi, dopo aver dubitato della mia migliore amica. No, ha ragione lui. Sto diventando paranoica.

Gli sorrido, mostrando un entusiasmo in parte sincero.

«Vedere questo spettacolo a New York è il mio sogno da una vita! Non so come facevi a saperlo e non mi interessa. Voglio solo ringraziarti».

Ci abbracciamo. Ma il mio maledetto cervello galoppa come un cavallo imbizzarrito. Lui l'ha difesa. Ha difeso Sòfia, dicendomi che sto esagerando. E se lei stesse parlando proprio con Marco, ieri, quando l'ho sorpresa al telefono?

-2020-

Mi sveglio stordita. Pare che adesso abbia trasferito nel sogno tutti i miei dubbi e le mie paure di questi giorni. E la cosa non mi piace. Ciò che era cominciato come un momento di svago e relax notturno si sta trasformando in una vera fonte di ossessione e tormenti.

Mi alzo stanca, come se non avessi affatto riposato. Devo risolvere al più presto questa mia situazione, sta diventando una questione di salute. Il problema è che ormai non mi fido più di nessuno. Jacopo ieri sera mi ha mentito sulla telefonata e anche Sòfia mi nasconde qualcosa. L'unica con cui mi sentirei di parlare liberamente è Luana, mia sorella. Nel sogno la chiamavo e ne traevo conforto, ma nella realtà non vorrei farla preoccupare. Non ancora, almeno. Tenterò di risolvere la cosa da sola, per il momento. Rifletto sul fatto che oggi è lunedì e nel pomeriggio ho il secondo appuntamento con la terapeuta. Provo un certo sollievo. Vado a lavarmi e mi vesto. In casa non c'è nessuno. Mi sono svegliata tardi e Jacopo avrà accompagnato i ragazzi a scuola e sarà già in libreria. Dunque me la prendo comoda. Non voglio stressarmi, almeno non per il lavoro.

Quando arrivo in negozio, però, mio marito risponde a malapena al mio saluto. Sembra risentito.

«Come mai hai fatto così tardi?», mi attacca a bruciapelo.

«Tu non mi hai svegliata...», rispondo, ma senza intenzioni polemiche. Lui, tuttavia, la prende malissimo.

«Ah, quindi sarebbe colpa mia! Sei una madre di famiglia, sei tu che dovresti svegliare i tuoi figli. E, invece, qui a lavoro arrivi sempre in ritardo e te ne vai presto, a casa è come se non ci fossi! Ormai sembri persa del tutto nei tuoi sogni... A proposito, stanotte dov'eri? In quale meraviglioso angolo della Grande Mela ti trovavi?»

Lo guardo allibita.

«Io vivo nel mondo dei sogni, vero... E tu, invece? Tu sei normale? Non capisco come una persona possa cambiare in questo modo, passando dal bianco al nero dalla sera alla mattina. Ci sono dei momenti in cui mi sembri posseduto da un'altra persona. Forse sei tu quello affetto da un disturbo di doppia personalità!»

«Tu... oseresti dare del pazzo a me? Tu che pensi che esistano nel mondo reale cose che hai soltanto sognato? Oppure, stai per caso fingendo? Chi sarebbe questo Marco? Hai una storia, Meg? È per questo che non sei più con noi? Per questo non ci stai più con la testa?»

Devo essere impallidita al punto da somigliare a un lenzuolo o a un fantasma.

«Cosa... di cosa parli?»

«Ieri, mentre facevamo l'amore, mi hai chiamato così! Ho voluto illudermi di aver udito male, che in realtà avevi detto Jacopo. Ma, stanotte, mentre dormivi, hai ripetuto quel nome».

Mi porto una mano alla testa, sto tremando come una foglia.

«Non... non hai nulla di cui preoccuparti. È solo uno stupido sogno, non esiste...»

«Ecco, lo vedi? Mi tradisci con un uomo immaginario! E forse è anche peggio! E non saresti squilibrata?»

Lacrime di umiliazione scivolano sulle mie guance, senza che possa fare nulla per fermarle. Vorrei fuggire, andar via da tutto questo. Ma, se lo facessi, non farei che dargli ragione. Perciò cerco di calmarmi.

«Ok. Scusa, ma è meglio finirla qui per adesso. Ho del lavoro da sbrigare».

Vado a rifugiarmi dietro agli scaffali, in mezzo ai miei amati libri.

Non ci rivolgiamo parola per il resto della mattina e neppure a pranzo, in presenza dei ragazzi. Per fortuna sono troppo distratti dalle loro cose per notarlo.

Dopo aver finito di lavare i piatti, avviso Jacopo che arriverò in ritardo in libreria per via dell'appuntamento con la terapeuta.

«Per oggi puoi anche non venire», mi risponde con freddezza. «È più importante la tua salute mentale, in questo momento».

Mi trattengo a stento dal prenderlo a schiaffi. E, dirigendomi allo studio della psicologa, cerco di ricordare il motivo per cui l'ho sposato e cosa mai mi abbia attratto di lui. Non mi viene in mente nulla. Mentre sto guidando, mi arriva una chiamata al cellulare. È Sòfia. Non le rispondo, non ho voglia di sentire neanche lei.

La dottoressa Angioli mi accoglie con il solito piglio gentile ma glaciale. Le racconto tutto quanto mi è accaduto negli ultimi giorni e nelle ultime notti. Non taccio neppure i miei sospetti riguardo a mio marito e alla mia più cara amica. Lei mi ascolta in silenzio, come la volta precedente, e la cosa mi innervosisce.

«Potrei sapere cosa ne pensa, dottoressa?»

Alza gli occhi dal suo blocchetto di appunti e, finalmente, mi degna di una risposta.

«Vede, il punto non è cosa ne pensi io, ma cosa pensa lei. Questo è quanto dobbiamo capire perché, mi creda, non è affatto chiaro», afferma, spostandosi all'indietro e accavallando le gambe lunghe e affusolate. «Lei sostiene di avere dei dubbi sul comportamento di suo marito e di questa sua amica. Ma cosa sospetta di preciso? Che abbiano un legame sentimentale alle sue spalle? Una relazione intima? Che vogliano convincerla della sua pazzia? E a quale scopo?»

«No, no... aspetti. Non ho detto questo! Io non credo che abbiano una storia. Una cosa simile mi sembrerebbe impossibile, però, ho la sensazione che mi nascondano qualcosa... come se avessero un segreto, una cosa che vogliono celarmi a qualunque costo e che riguarda me».

«Sì, ma... questo è il suo pensiero consapevole e razionale, ma non è quello che le dice il sogno. Vede, è dai sogni che traspaiono le nostre vere paure, i nostri pensieri inconsci. Ed è proprio il nostro "io" inconscio che spesso ci rivela verità troppo scomode da palesare a noi stessi».

«E cosa rivelerebbe il mio sogno?»

«Ci rifletta. Nel sogno la sua amica le consiglia più volte di lasciare il suo fidanzato, che poi sarebbe il suo attuale marito, Jacopo. Assume degli atteggiamenti di chi si sente in colpa. La fa sentire paranoica, negando la possibilità che lei lo abbia visto concretamente nel luogo in cui vi trovate, New York. E Marco la difende. Ciò che lei forse non immagina è che Marco è il contraltare di Jacopo, il suo specchio. Nel sogno lei ha sdoppiato il suo compagno. Tutti gli aspetti positivi li ha attribuiti al primo, tutti quelli negativi al secondo. Nella realtà sono la stessa persona... ovvero suo marito. Nel sogno lei sospetta una relazione fra suo marito e la sua migliore amica, un tradimento da parte di entrambi».

«Cioè, lei mi sta dicendo che Jacopo e Sòfia...»

«Faccia attenzione alle mie parole, la prego. Le sto dicendo cosa lei sospetta, di cosa ha paura, non che questa sia la verità».

«Ma se il mio sospetto non fosse fondato, se questa cosa fosse soltanto nella mia fantasia... da cosa potrebbe nascere questa mia paura?»

«Ecco, brava! È questa la domanda da farsi. Perché lei ha paura che suo marito e la sua amica abbiano una relazione? Perché teme di essere tradita dalle persone che ama di più? Potrebbe trattarsi di un senso di frustrazione, di inadeguatezza o di insicurezza nei confronti delle aspettative che aveva riguardo a se stessa, al suo lavoro e al suo matrimonio? Suo marito, forse, è troppo esigente, non la fa sentire all'altezza della situazione? Questa Sòfia, dalla sua descrizione, mi sembra una donna bella e realizzata: è possibile che abbia maturato una sorta di senso di inferiorità, facendo un confronto insano fra le vostre vite? Ci rifletta per qualche giorno. Ne riparliamo venerdì, alla stessa ora».

Venerdì mi sembra così lontano. Stavolta la Angioli ha espresso il suo pensiero. Ma non mi ha chiarito le idee. Anzi, sono uscita dal suo studio più confusa che mai. Forse è normale che sia così ed è così che deve essere. Devo guardarmi dentro e in profondità per capire cosa mi sta accadendo. La mia guarigione passa da una mia nuova consapevolezza e, anche se ciò dovesse essere doloroso e dovesse significare mettere in discussione tutte le mie convinzioni e certezze, è un passaggio che devo affrontare. Devo farlo per il mio bene e per quello della mia famiglia.

13

-2001-

Marco bussa alla mia camera alle sei in punto, come d'accordo. Alzo i capelli davanti allo specchio, faccio scattare la clip del fermaglio e corro ad aprire.

«Stai benissimo vestita di rosso», mi dice.

Arrossisco. «Grazie».

Mi passa le dita sul collo vuoto mentre prendo la borsa e poi mi sussurra porgendomi la mano: «Possiamo andare?»

«Sono pronta, fammi strada».

Marco indossa un completo blu scuro e una camicia bianca, sfoggia il solito portamento determinato e odora di buono. Non vedo l'ora di vedere lo spettacolo, ma la tentazione di riportarlo in camera mia è forte.

«Vedo che anche stavolta non indossi i tacchi», sorride incuriosito indicando le mie ballerine argentate.

«Non li amo affatto, li trovo invalidanti, ritengo che non assolvano al loro ruolo… di scarpe, intendo».

«Il ruolo di scarpe? Spiegami, è una sorta di obiezione di coscienza?», maschera la risata con un colpo di tosse.

«Non sopporto l'idea che delle scarpe debbano impedirti di camminare come si deve o massacrarti i piedi».

«Mi sembra giusto, bandiamo i tacchi dal pianeta», annuisce ridendo di gusto.

«Sono già abbastanza alta», continuo.

«Sei abbastanza perfetta, direi. Non ti serve altro, mi trovi d'accordo. Apprezzo molto le passeggiate e stare in compagnia di chi ama camminare, il suono lento dei passi sull'asfalto quando non lavoro mi aiuta a godere del tempo libero».

Giungiamo al teatro in anticipo. Mi soffermo a guardare lo storico edificio e la locandina di The Phantom of the Opera; mi dispiace che Sòfia se lo stia perdendo, adora questo tipo di cose. Il Majestic Theatre è sulla Broadway, al 245 West della quarantaquattresima strada. L'atmosfera che si respira all'interno dell'ampia sala è frizzante, un boato di stupore si solleva dalla platea quando si accende il grande lampadario. Il musical messo in scena supera ogni mia aspettativa, la musica e le voci ci trasportano, la scenografia è superba e i costumi meravigliosi.

Alla quinta scena del primo atto mi sono già immedesimata in Christine, non traduco più mentalmente ogni parola dall'inglese all'italiano, e mi sento proiettata dentro la storia del Fantasma dell'Opera.

«Apri la tua mente, lascia che le tue fantasie si sciolgano in queste tenebre che sai di non poter combattere: le tenebre della musica della notte», queste parole sembrano indirizzate a me. Guardo Marco, è assorto, anche lui lo sta vivendo intensamente e mi tiene per mano. Ho le lacrime agli occhi quando Christine si risveglia e, ancora confusa, comincia a ricordare lo strano viaggio nei sotterranei:

«Mi ricordo che c'era una nebbia, un turbine di nebbia su un vasto lago di vetro. C'erano candele tutto intorno e sul lago c'era una barca, e nella barca c'era un uomo. Chi era quella figura nell'ombra? Di chi è la faccia dietro la maschera?»

Quest'aria mi sconvolge, mi turba, non posso fare a meno di notare l'analogia con quanto mi stia accadendo. Ho davvero visto Jacopo sulla barca? Non lo so, non so più cosa credere.

Cerco di mettere da parte certi interrogativi che non possono trovare risposta e mi concentro sull'uomo che mi accompagna. Un'altra serata da ricordare per sempre, penso quando usciamo dal teatro in religioso silenzio e con un sorriso stampato sul viso.

«Grazie, Marco. Mi è piaciuto moltissimo».

«Speravo tanto che apprezzassi questo musical, abbiamo trovato un'altra cosa in comune, a quanto pare».

Faccio una smorfia d'approvazione e lui mi bacia con trasporto.

«Posso chiederti delle tue storie passate? Di' la verità: Hai spezzato molti cuori?», chiedo.

«Cosa te lo fa credere?», ribatte divertito.

«Non credo ti abbiano mai lasciato, non si può lasciare un uomo così... uno che ti porta a fare un picnic al parco, ti offre cene romantiche, colazioni da Tiffany, gioielli. Un uomo che ti ascolta e che ama il teatro. Sono piuttosto sicura che sia stato tu a seminare una lunga scia di delusioni».

«Sono lusingato».

«E allora, cosa mi dici?»

«Beh, c'è sempre una prima volta. Tu mi lascerai, no?», risponde sfregandosi la nuca.

Quest'affermazione mi spiazza. Il mio sguardo dispiaciuto seguito da un silenzio imbarazzato gli fa aggrottare la fronte e lo fa voltare dall'altra parte, non so cosa rispondere. Chiaramente resterei, ma ho lasciato troppe cose in sospeso a Roma. Devo ancora stabilire quale sia la mia strada, non posso permettere che siano i sentimenti a decidere per me, per la mia vita e la mia carriera.

«Marco, io... sarebbe una follia, adesso», dico, cercando di riparare.

«Non importa, niente pressioni», conferma le sue premure nei miei confronti, mi lancia una strizzatina d'occhi ostentando una sicurezza che ora capisco essere falsa. Lui vuole tanto che io resti, ha paura di perdermi, per questo cerca di rendere tutto indimenticabile.

«Che ti va di fare, adesso?»

«Un hot-dog ci starebbe proprio bene».

«No! E allora ammettilo che stai cercando di farmi innamorare di te, sei proprio crudele! Sei la donna perfetta».

«Anche tu ti stai impegnando abbastanza», lo provoco.

«E dimmi... come sto andando?», mi domanda avvicinandosi.

«Bene, molto bene», rispondo mordicchiandomi il labro inferiore, indecisa su come proseguire. «Ma mi preme dire che non posso prometterti nulla adesso. Resterei qui, giuro che lo vorrei tanto, ma non posso lasciarmi alle spalle la mia vita senza chiarire... senza dare spiegazioni a quelli che tengono a me».

«Parli di Jacopo, vero?», dice diventano di colpo inespressivo.

«Anche, sì», ammetto a testa bassa.

«Ok. Non voglio parlarne adesso, è la mia serata con te. Stasera sei solo mia. Vieni, da questa parte dovrebbe esserci un venditore di hot dog», dice sollevandomi il mento e trascinandomi un attimo dopo davanti a una decina di persone in fila.

«Che prendi?»

Tira fuori i soldi dalla tasca dei pantaloni e mi fissa per capire se ci sto a chiuderla qui e a rimandare la discussione.

«Un hot dog con senape», rispondo ritrovando il sorriso.

«Torno subito».

«Ehi, aspetta, ti sono caduti questi», dico chinandomi a raccogliere i biglietti dello spettacolo.

«Dai pure a me, li butto lì, c'è una pattumiera all'incrocio».

«No, se non ti dispiace vorrei tenerli, li conserverò insieme al programma».

«Certo, fa' pure».

Arriva dopo un po' con due panini fumanti che mangiamo continuando a camminare. Dopotutto ha ragione, è la mia serata con lui, non voglio guastare quest'atmosfera leggera. Erano anni che non mi sentivo così coinvolta e in sintonia con un uomo.

Quando arriviamo in albergo chiedo alla reception di farci avere del vino rosso e porto Marco in camera mia.

Ci sediamo sulle poltroncine e l'osservo, mi sembra rabbuiato, qualcosa lo agita, non fa che tintinnare il dito sul calice da quando siamo saliti, anche se ostenta allegria.

«È tutto ok?»

«Cos'ha di tanto speciale questo Jacopo per spingerti ad andare via da New York? Sento che c'è qualcosa che non mi dici. Meg, ti chiedo di essere sincera: lo ami ancora?», mi chiede spiazzandomi.

Bevo una buona sorsata di vino e cerco la risposta giusta. È una risposta che non ho.

«Non è così semplice, il fatto è che la mia vita è lì».

«Io non lo conosco, non conosco bene neanche te e non so nulla della vostra storia. Mi hai detto che è una storia finita e ho voluto crederti. E allora perché non ti lasci andare? Cosa ti trattiene davvero? Perché non provi a rimanere qui... Vediamo come va?», mi tenta prendendomi una ciocca di capelli e passandosela tra le dita.

Mi sento rimescolare dentro. Già, perché non resto? Lo guardo smarrita nei miei pensieri, incapace di proferire parola.

«Scusami, avevo promesso che non ti avrei fatto pressioni, solo che c'è stato un imprevisto...»

«Quale imprevisto?»

«Mi sono innamorato di te».

Digerisco l'informazione appena ricevuta e metto a tacere il mio cervello che è in preda a un attacco isterico. Al momento ascolto solo il mio corpo. Mi sdraio sulla moquette e lo tiro verso di me.

-2020-

Non voglio svegliarmi! No.

Tengo gli occhi chiusi e, anche se non sono più tra le sua braccia, non riesco a trattenere un largo sorriso che mi si stampa in faccia e, quando mi accorgo che in piedi davanti a me c'è Jacopo che mi fissa, ecco che cala inesorabile un sipario su questa gioia; sono invasa dai sensi di colpa.

«Sei felice! Ti è andata bene, stanotte?»

«Jacopo, ma cosa dici?»

«Non ti avevo mai vista così contenta al mattino», dichiara con amarezza.

«Jacopo, che scocciatura, ma insomma... sono le sei del mattino! Possibile che tu sia già di umore nero? Ne abbiamo già parlato. Fin troppo. Ti ho spiegato che è solo un sogno, ne sono pienamente cosciente adesso. La dottoressa Angioli mi sta aiutando a guardarlo dalla giusta prospettiva». Cerco di restare mite. Perché devo vivere? Perché non posso dormire e basta, far sì che quella vita e quelle braccia mi trattengano?

«Sarà... Comunque non mi fa piacere. Odio dovermi chiedere cosa immagini, che ti passa per quella testa mentre dormi, cosa o peggio... chi desideri».

«Non desidero che te, voglio solo che tra noi torni tutto com'era prima. Il resto non è reale, te lo ripeto, e non ha senso neppure parlarne, se ci pensi è ridicolo».

«Non puoi capire cosa sto provando, è inutile», dice scuotendo il capo.

«A che ti serve puntare il dito, darmi il tormento per qualcosa che sto già cercando di gestire? Non posso governare i miei pensieri quando dormo, tutti quanti subiamo i nostri sogni. Non puoi farmene una colpa, sono pure in terapia. Ciò che conta è quello che faccio quando sono sveglia, no?»

«Quando finirà? Ti ha prescritto dei farmaci? Secondo me ti servono, in certi casi sono necessari; la moglie del mio amico li ha presi».

«Ci vorrà quanto ci vorrà e la mia terapista mi prescriverà dei farmaci quando e se lo riterrà opportuno. Di certo quest'atteggiamento non mi aiuta a stare serena. Non capisco, questi tuoi cambiamenti d'umore mi lasciano perplessa. Ho fatto quello che mi hai detto tu. Mi hai consigliato tu di farmi seguire dalla dottoressa Angioli, e ti ho ascoltato, adesso dovresti fidarti di lei e permetterle di fare il suo lavoro. Altrimenti posso anche smettere di andare alle sedute e lasciarmi curare da te. Che te ne pare?», mi alzo incavolata e apro le imposte con forza «Ora aiutami a rifare il letto, per favore. Buongiorno, comunque».

«Buongiorno a te», risponde con un tono tutt'altro che benevolo.

«Lascia perdere, continua pure a fare quello che facevi prima di rovinarmi la giornata. Il letto lo faccio benissimo da sola».

Certe mattine vorrei solo che sparisse dalla mia vita. Idiota! Davvero non capisco il perché di cotanta gentilezza.

Esce dalla camera così lentamente e accompagnato da un cipiglio talmente disgustato che mi viene voglia di spingerlo. Sento vibrare il suo cellulare sul comodino e, se dovessi dare ascolto al mio nervosismo, dovrei pestarmelo sotto ai piedi e invece lo prendo tra le mani… Ho bisogno di armonia, di stare in un contesto pacifico.

Guardo il display che s'illumina, ci sono due messaggi da parte di un certo Armando.

Non conosciamo nessun Armando ed è molto presto. Chi gli scrive a quest'ora?

Controllo che Jacopo non sia in corridoio e li apro.

"Dormito bene?"

"Riesci a liberarti di pomeriggio? Lunedì parto e vorrei vederti prima. Abbiamo lasciato qualcosa in sospeso... lo sai che non mi piace essere in debito con te. Voglio farti vedere qualcosa che ti farà impazzire!"

Come? Prima ancora che il mio cervello elabori queste informazioni, il mio cuore ha già incassato il colpo.

Faccio squillare quel numero e mi risponde una voce femminile, non sembra neanche tanto giovane. Riattacco immediatamente, mi segno il numero e cancello i messaggi, non deve sapere che so. Ora ho le prove del suo tradimento. Avevo intuito che qualcosa era storto.

Mi chiudo in bagno a piangere. Va a letto con un'altra, fa il doppiogioco! Non lo credevo capace di tanto. Com'è accaduto? Non pensa ai bambini? A me?

Quello che fa più male è che il suo bisogno di rimproverarmi, alla luce di questo, è solo una strategia difensiva; mi attacca addossandomi le colpe, non fa che farmi sentire inadeguata... è la sua copertura, proietta tutto su di me per giustificarsi.

Che devo fare adesso? Siamo sposati da vent'anni, ci sono Emma e Lucas che sono ancora in una fase delicata della crescita. Non posso chiedere la separazione, potrebbe trattarsi di una sbandata.

Se non ci fossero i ragazzi lo sbatterei fuori a calci, non meriterebbe che questo.

Mettermi in croce perché faccio dei sogni e poi... non riesco a credere che sia così crudele. Se ripenso all'arroganza con cui mi ha chiesto quando finirà questa storia dei sogni... oddio, che rabbia!

Da quanto dura, invece, la sua storia con questa donna? Vuole lasciarmi? Vuole che lo faccia io? Vuole che prenda gli psicofarmaci... mi vuole sedata? Cosa vuole da me?

Inutile commiserarsi, così rischio d'impazzire.
Troverò le risposte, troverò una soluzione.
Non sono mai stata così sicura di avere bisogno di andare in analisi. Adesso non ho le idee chiare, non farò nulla d'istintivo.
Mi asciugo gli occhi, piego con cura il biglietto su cui mi sono segnata quel numero e lo ripongo in borsa. Jacopo entra in camera e afferra il suo cellulare, è ancora stizzito... incredibile.
«Vado a lavorare».
Invoco tutti i santi del cielo per calmarmi, dentro sono furente, delusa e ferita, ma faccio leva sulla mia capacità di resilienza e gli sorrido bonaria.
Siamo una famiglia e in certi casi si fa quel che si deve per il bene dei figli. Un matrimonio può resistere a un tradimento, l'amore può andare oltre.
Tendo l'orecchio teso per seguire i suoi movimenti. Quando finalmente sento sbattere l'uscio di casa corro a verificare che sia andato via, poi torno in camera e rovescio il contenuto della borsa sul letto.
Mi serve il bigliettino con quel numero di telefono. Devo sapere, la richiamerò. Potrei conoscerla, potrebbe essere una rappresentante.
Che io decida di perdonarlo o meno, devo sapere chi è questa donna. Ho bisogno di conoscere i dettagli, di capire come, perché e da quando.
Forse non sono abbastanza bella, alla fine sto invecchiando, non ho più vent'anni e ultimamente ho trascurato troppo il mio aspetto. Non mi trucco più, sono mesi che i miei capelli non vedono un parrucchiere; avrei dovuto fare la ceretta anziché investigare sulla realtà onirica.
Ho dato credito a dei sogni e ho lasciato che i miei legami affettivi si allontanassero da me, sono stata così cieca.
Lacrime amare scorrono di nuovo copiose sul mio viso.

Mio marito mi tradisce, mi mente, fa l'amore con un'altra donna. Io... mio Dio, non ce la faccio a gestire anche questo, non posso sopportare un'umiliazione così grande.

Io ho scelto di credere in noi, nel nostro matrimonio.

Devo chiamare quel numero, forse potrei riconoscere quella voce se solo la riascoltassi ancora, ma non posso dal mio telefono, devo andare a un telefono pubblico. Sì, farò così, troverò una cabina e...

Qualcosa riesce a distrarmi.

Qualcosa che non dovrebbe essere qui.

Mi asciugo le lacrime con un fazzoletto e osservo con occhi spalancati ciò che è venuto fuori dalla mia borsa.

Stringo tra le mani i biglietti di "The Phantom of the Opera" e, sparsi in mezzo a documenti, trucchi e chiavi, trovo anche i programmi dello spettacolo di New York.

Basta! Che diavolo mi succede?

Mi sembra che qualcuno stia cercando di farmi perdere il controllo. Ripercorro le tappe del sogno, Broadway, il teatro, l'uomo sulla barca con la maschera. La musica, la nebbia, Jacopo, Marco, l'amante misteriosa e poi diventa tutto buio.

14

-2001-

Quando mi sveglio e, nella penombra, intuisco che c'è una sagoma addormentata accanto a me, per un istante, mi sento smarrita. Poi, i ricordi del giorno precedente e soprattutto della notte appena trascorsa tornano alla mia mente, inebriandomi di felicità.

Il respiro calmo e regolare dell'uomo che amo mi fa ringraziare il Padreterno di essere al mondo e di questo istante. Sì, è la verità. Non so come sia stato possibile tutto ciò in pochi giorni, ma lo amo e ho intenzione di dirglielo non appena si sarà svegliato. La mia relazione con Jacopo mi sembra talmente lontana da appartenere a un'altra vita, quasi a un'altra persona. Marco si gira verso di me e apre gli occhi.

«Buongiorno», gli sorrido.

«Buongiorno a te», risponde avvicinandosi per stringermi in un caldo abbraccio.

«Una giornata che comincia così non può che essere magnifica», gli sussurro.

«E lo sarà. Stamattina ho intenzione di portarti in un bel posto».

«Ah... e sarebbe?», gli domando, non riuscendo a dominare la mia curiosità.

«È una sorpresa. Ma sono sicuro che ti piacerà».

«E io non ne dubito. Finora non ne hai sbagliata una!» lo provoco, divertita. «Sembri nato per il corteggiamento».

«Può darsi. Mettiamola così: ci sarà tempo per farti conoscere i miei lati peggiori. È quello che mi auguro, almeno. Per il momento me li tengo ben nascosti».

Qualche ora più tardi, seduta nella metro accanto a lui, sto ancora gustando con la mente la deliziosa colazione americana che abbiamo consumato a letto. Nel frattempo, le immagini della città scorrono dinanzi ai miei occhi troppo veloci, vorrei quasi fermarle con la mano. Frammenti di cartelloni pubblicitari, vetrate di grattacieli, negozietti e bancarelle, volti di pedoni che spariscono sui marciapiedi affollati mi entrano dentro come pezzi di un puzzle che dovrò ricostruire.

Scendiamo alla fermata di Christopher Street Station e percorriamo un paio di isolati a piedi. Camminiamo, tenendoci per mano, in un viale alberato e silenzioso nel cuore di Manhattan.

«Siamo nel Greenwich Village, qui vicino c'è anche un parco», mi spiega Marco. «Sono capitato qui per caso, ho sbagliato fermata e invece di tornare giù a riprendere la metro ho pensato di vedere dove mi portasse questa strada. Sai, a volte, andando a zonzo per la città, si scoprono angoli incantati. E così è stato. Ora chiudi gli occhi...»

Mi mette le mani davanti agli occhi per assicurarsi che non bari e mi fa svoltare l'angolo della strada. Quando mi concede di riaprirli, vedo innanzi a me una piccola vetrata in una classica palazzina dai mattoni rossi. Una porta verniciata di rosso con le maniglie in ottone concede l'ingresso al locale piccolo e familiare. All'interno librerie e tavoli in legno scuro fanno da cornice a una non vastissima offerta di libri, evidentemente scelti con cura e amore. Il pavimento in parquet è stato riempito di tappeti dal taglio orientale per attutire il rumore dei passi. Si ha quasi la sensazione di trovarsi in un tempio in cui si respira cultura, intesa come desiderio di conoscenza. Il mio sguardo e il mio cuore si riempiono di delizia. In un angolo vi sono anche un paio di minuscoli tavolini dove è possibile consumare una tazza di tè in compagnia delle pagine di un libro. A uno di questi è seduta una ragazza che ha un volto familiare. Sembra una studentessa, e sta leggendo un libro davanti a una tazza fumante. È talmente persa nella lettura che sembra non accorgersi di nulla intorno a lei. Le passo vicino e sbircio le pagine del libro. Vedo diverse raffigurazioni del Colosseo ripreso in varie prospettive e da diverse angolazioni. Deve trattarsi di un libro d'arte, focalizzato su Roma. Proprio una bella coincidenza, penso.

Sfilo estasiata innanzi alle librerie, scorgo un'edizione piuttosto antica di "Villette" di Charlotte Bronte. Lo prendo e comincio a sfogliarlo, con mani tremanti. Marco, nel frattempo, si è seduto a uno dei tavolini e ha ordinato il tè. Lo raggiungo e, mentre sorseggiamo in silenzio la bevanda, io leggo in lingua originale un brano di uno dei miei libri preferiti. La traduzione, pur non volendolo, si affaccia alla mia mente: "*È facile congetturare, naturalmente, che fossi contenta di tornare in seno alla mia famiglia. Va bene! Questa amabile ipotesi non fa male a nessuno e perciò possiamo tranquillamente evitare di smentirla*".

Perché queste parole mi provocano uno strano subbuglio? È come se in realtà non volessi tornare, come se volessi restare qui, dove mi trovo adesso, per sempre. Una lieve pioggerellina comincia a bussare alle vetrate del locale.

«Sarà meglio tornare», mi sussurra Marco. «Ho guardato le previsioni di oggi e temo che andrà a peggiorare».

Annuisco anche se mi dispiace abbandonare la magia di questo momento. Quando usciamo la pioggia si infittisce e ci mettiamo a correre, tenendoci per mano, attraverso il viale alberato. A un certo punto scivolo sul marciapiede e Marco, nel tentativo di trattenermi e salvare me dalla caduta, si ritrova per terra sopra un mucchio di foglie bagnate. Scoppiamo a ridere come due bambini, ridiamo al punto che lui quasi non riesce ad alzarsi e io, nel tentativo di aiutarlo, finisco addosso a lui.

Alla fine riusciamo a raggiungere la fermata della metro, ma siamo bagnati e sporchi di fango dalla testa ai piedi. In Italia una cosa del genere avrebbe provocato sguardi curiosi e risa a stento trattenute da parte dei passanti... ma qui siamo a New York e nessuno si stupisce di niente!

Prendiamo posto sulla prima vettura che passa nella direzione opposta a quella da cui siamo arrivati. Ci sediamo uno accanto all'altra, senza parlare. Inutile negare quanto sia bello stare insieme, le nostre anime si saziano a vicenda.

Mi guardo intorno, vedo persone di tutte le età e di ogni etnia immerse nelle pagine di un libro o nei propri pensieri. In pochi parlano fra loro, mentre i neon della metro illuminano di bianco i loro volti facendoli somigliare a dei fantasmi. A un certo punto, scorgo in lontananza, di spalle, una coppia che ha qualcosa di familiare. Lei indossa un grande cappello che mi sembra di aver già visto. Lui le sta sussurrando qualcosa all'orecchio, poi gira la testa all'indietro, verso di me. Mio Dio! È Jacopo! Ancora lui, con quella donna. Mi sta fissando, anche lui deve avermi riconosciuta. Mi fa un sorriso cinico, a denti stretti.

Marco si accorge che qualcosa non va.

«Che succede? Sei diventata pallida all'improvviso. Stai male?»

«No, no... è che tutta questa luce bianca mi dà fastidio agli occhi... e mi provoca un senso di panico».

«Ok, allora scendiamo alla prossima fermata!»

Mi prende la mano e mi aiuta ad alzarmi. Io non ho il coraggio di guardare nella direzione in cui ho visto Jacopo. Le porte si aprono, e noi scendiamo insieme ad altra gente. Rimango ferma a fissare, come inebetita, la metro, le porte che si chiudono, il vagone che riparte. Lancio un'ultima occhiata all'interno, scorgo in lontananza solo la forma di quel cappello ingombrante.

Marco mi trascina fuori dalla fermata attraverso lunghi tunnel, scale e corridoi. Quando usciamo all'aperto, respiro a pieni polmoni.

«Stai meglio?», mi domanda premuroso.

«Sì, molto meglio, grazie».

«Scusa se te lo chiedo ma, per caso, soffri di claustrofobia? Mi è sembrato un vero e proprio attacco di panico».

«No, cioè non mi era mai capitato prima. È... è stato l'effetto di quelle luci».

Sto mentendo solo in parte. Quelle luci bianche mi hanno davvero provocato un fastidioso senso d'angoscia. E questo mi fa sentire meno in colpa nei confronti di Marco.

Il punto è che non posso essere del tutto sincera con lui, non ancora. Come potrei rivelargli che mi sento perseguitata dal mio quasi ex ragazzo, che si è rifiutato di fare con me questo viaggio a causa della sua fobia di volare? E che la mia amica Sòfia pensa si tratti di una mia paranoia, dovuta alla circostanza che non ho ancora trovato il coraggio di lasciarlo? In entrambi i casi non sono proprio messa bene. O sono stata fidanzata con un uomo dalla mente alterata oppure io stessa sto perdendo il senno all'improvviso!

-2020-

Vengo svegliata di soprassalto dallo squillo del mio cellulare. Mi alzo controvoglia, mi gira la testa. È Sòfia. L'altro pomeriggio non l'ho più richiamata. E anche ieri ci ha provato un paio di volte. Stavolta rispondo.

«Ehi, finalmente!», esclama sollevata al suono della mia voce. «Ma che succede? Sono due giorni che non rispondi, ero preoccupata».

«No, tranquilla... va tutto bene. Sono solo stata molto impegnata con il lavoro, i ragazzi, la psicologa. Ho deciso di lasciare da parte il cellulare per un po'».

Cerco di mantenermi sul vago. Ormai ho la certezza che Sòfia non è l'amante di Jacopo. Non era sua quella voce, l'avrei senz'altro riconosciuta. Resta il fatto che mi nasconde qualcosa, in combutta con mio marito, e io non mi fido più di lei. Rimane qualche istante in silenzio, non credo l'abbia bevuta, mi conosce troppo bene.

«Capisco. E come procede con la terapia? Hai fatto altri sogni?», mi chiede in tono neutro.

Non voglio insospettirla oltremodo, perciò le racconto il sogno di stanotte, della libreria, della cliente che mi ricordava Laura e di Jacopo con l'altra donna.

«Sono tutte rielaborazioni della realtà che stai vivendo, tesoro», cerca di tranquillizzarmi. «È come se trasferissi nella dimensione onirica le cose che ami e che ti fanno stare bene, come i tuoi adorati libri, ma anche le tue angosce, come la paura che tuo marito ti tradisca. Ne hai parlato con la dottoressa Angioli?»

«Sì, certo, ma non mi ha ancora dato una spiegazione. Per adesso si limita ad ascoltare».

«E hai più trovato... oggetti che non dovrebbero stare qui?»

Per un istante sono tentata di dirle dei biglietti dello spettacolo, ma qualcosa mi blocca.

«No, nient'altro».

«Bene. È già qualcosa. Ora devo andare, mi chiamano. Però, promettimi che ti farai sentire. Non farmi più stare in pensiero».

«Lo farò, te lo prometto. Scusami, Sòfia».

«Ti abbraccio, tesoro. Ricordati che ti voglio bene».

Chiude in questo modo, lasciandomi ancora più confusa e agitata. È terribile non poter più fidarmi di lei, della mia più cara amica, di uno dei pilastri della mia esistenza. E se la dottoressa avesse ragione? Se si trattasse solo di un senso di insoddisfazione personale che sto trasferendo sulle persone che mi stanno intorno? Ma il tradimento di Jacopo... almeno quello è reale, ormai ho le prove. Dovrei ancora avere il biglietti no con su scritto quel maledetto numero in borsa, ma non ho il coraggio di andare ad aprirla.

Così come ho fatto ieri, anche oggi non vado a lavorare. Tanto Jacopo mi ha detto che per adesso devo pensare solo a guarire, perciò sono giustificata. Il problema è che trascorrerò un'altra interminabile giornata in pigiama e pantofole, buttata su un divano a guardare un film o una serie TV che non riesco a seguire. Purtroppo non ho la voglia né la forza di fare nulla, è come se fossi spenta, morta. Se non fosse per la sofferenza che provo, penserei davvero di non essere più in vita. Per fortuna, nel pomeriggio, ho l'appuntamento con la terapeuta. Almeno servirà per costringermi a uscire.

La Angioli mi accoglie con il solito contegno professionale. Sarà pure brava ma, a livello umano, la trovo glaciale e scostante. Ma, forse, è proprio così che deve essere un bravo terapeuta, capace di mantenere le distanze.

Le racconto degli ultimi sogni, del tradimento di Jacopo, dei biglietti. Non mi sembra per nulla sorpresa. Alla fine, mi domanda: «Ha riflettuto su quanto ci siamo dette l'ultima volta?»

«Sì, certo. Ma quello che le ho appena raccontato dimostra che non tutto è frutto della mia immaginazione, no?»

«Se si riferisce al tradimento di suo marito, io non ho mai detto che fosse frutto della sua immaginazione. Ciò che le ho detto, invece, è che i sogni rivelano le verità che la nostra parte cosciente si rifiuta di vedere, perché non riesce ad accettarle. È probabile che questa sua doppia vita, in sogno, non sia che la rivelazione della crisi coniugale che sta vivendo nella realtà. Suo marito la tradisce: è una verità scomoda, difficile da accettare. Ma ora dovrebbe chiedersi il perché. Un tradimento, di solito, non avviene senza un motivo; spesso è la conseguenza di un allontanamento da parte del partner che viene vissuto dall'altro come un abbandono».

«Cioè, lei mi sta dicendo che, se mio marito mi tradisce, la colpa sarebbe mia?»

«Io non ho mai pronunziato la parola colpa. In queste situazioni è difficile dare la colpa a uno dei due, trovare la causa originaria, e spesso l'allontanamento è la conseguenza di comportamenti messi in campo da entrambi. Ciò che cambia è solo la reazione: suo marito la tradisce nella vita reale, lei in sogno. Chi ha detto quale sia il tradimento peggiore? Io credo che facciano male entrambi».

Rifletto sulle parole della dottoressa, cerco nel passato di ritrovare i miei errori. È indubbio, anch'io ho ferito mio marito senza volerlo, penso che sia umano, inevitabile.

«E... e gli oggetti? Gli oggetti del sogno che ho ritrovato nella vita reale? Come lo spiega?»

«A volte, così come la nostra mente si rifiuta di vedere cose che non vogliamo vedere, allo stesso modo, immagina cose che vorremmo, che desideriamo con tutte le nostre forze. Ed è come se fossero vere. Ha mai sentito parlare della gravidanza isterica?»

«Santo cielo, certo! Ma... ma lei dimentica un particolare!», mi difendo. Mi sento costretta a difendere la mia sanità mentale. «La collana l'ha vista anche Sòfia, così come il ventaglietto di New York! Anzi, quello l'ha visto pure Jacopo!»

«Jacopo e Sòfia», ripete lei. «Aspetti…»

La dottoressa Angioli sfoglia il suo taccuino, con precisa disinvoltura.

«Ah, ecco qui: "Sòfia, tu credi che abbia coscienza di come stiano le cose?" Questa, se non sbaglio, è la frase che ha udito pronunziare a suo marito, giusto?»

La guardo sbigottita. Che cosa vorrebbe insinuare?

«Giusto», ripeto come un pappagallo. All'improvviso mi sento di nuovo un'idiota.

«Forse…», si interrompe, come se fosse indecisa se proseguire la frase.

«Forse?», la invito a concludere il suo pensiero.

«Forse, suo marito e la sua amica hanno compreso il suo malessere… e sono complici solo nel non volerla turbare».

«Cioè si sarebbero messi d'accordo nel fingere di vedere delle cose inesistenti? E questo solo per non farmi sentire pazza?», urlo al colmo della rabbia. «Ma si rende conto che, se davvero fosse così, in realtà lo pensano? Pensano sul serio che io sia impazzita e mi danno corda per non sconvolgermi?»

«Io sto solo ipotizzando, ma la sua reazione mi fa pensare che potrebbe essere un'ipotesi plausibile. Piuttosto che contrastarla, facendole provare un senso di rabbia e frustrazione come in questo momento, hanno preferito indirizzarla a una specialista…E, comunque, non pensano che lei sia pazza. Semmai, che sta attraversando un periodo difficile, come potrebbe capitare a tutti» conclude, in tono tranquillizzante.

Ma io non sono per niente rasserenata dal suo discorso e, anzi, non mi sono mai sentita umiliata come in questo momento. Scoppio in un pianto irrefrenabile. Tutte le fibre del mio corpo mi urlano che non è così, che quella donna non ha ragione! Ma poi il dubbio torna a insinuarsi. E se, invece, avesse ragione?

«Che... che cosa devo fare?», sussurro affranta.

Prende il suo blocco e scrive il nome di un farmaco. Poi, strappa il foglio e me lo consegna.

«Assuma questo, una compressa prima di andare a dormire. È un ansiolitico leggero, servirà per distenderla e darle un sonno più profondo. Il riposo è fondamentale per il nostro equilibrio psicofisico. Vedrà che, a mente serena, vedrà le cose in modo più lucido. Noi ci rivediamo fra una settimana».

«Perché così tanto?», obietto disfatta.

«Perché ho bisogno di esaminare e rielaborare con calma tutto ciò di cui abbiamo parlato oggi. È chiaro che, se dovesse avere una particolare urgenza, può sempre contattarmi qui allo studio e, se non ci sono, lasciare un messaggio».

Torno a casa portandomi dentro un irragionevole senso di sconfitta. Per fortuna, al mio rientro, non c'è nessuno. I ragazzi sono a studiare a casa di compagni e Jacopo è in libreria. Non avrei sopportato che mi vedessero in questo stato.

Istintivamente corro a cercare, nello sgabuzzino, la mia scatola dei ricordi. È lì che ho messo il ventaglio e la collana. La prendo con il cuore in gola, la apro e... non ci sono! Il ventaglio e la collana sono spariti. Corro a riprendere la mia borsa e la vuoto sul letto. C'è di tutto... ma non i biglietti e il programma di "The Phantom of the Opera"! Anche quelli sono spariti. Oppure non sono mai esistiti?

15

-2001-

Passeggiamo a mani allacciate per la quinta strada. Sto così bene, mi pervade un senso di gioia indicibile. Sono esposta al tepore di questa mattinata assolata, sono un tutt'uno con la città e con Marco. Dunque lo amo, confesso a me stessa, gustando l'euforia che provo stringendomi al suo braccio. Non riesco a descrivere la sintonia che mi lega a quest'uomo, mi sta cambiando la vita. Comincio a capire quanto fosse limitante stare con Jacopo, ogni momento che passo con Marco mi arricchisce. Stiamo spulciando ogni angolo di questa città, ma questa zona resta la mia preferita: i negozi, gli edifici storici, il parco e i musei, l'Empire State Building, tutto il meglio si concentra qui. E ora che sto con Marco dimentico che sono qui solo per una vacanza.

I giorni passano inesorabili e io non ho ancora preso una decisione definitiva. Lui non mi ha più pressata e io ho evitato l'argomento. I miei fondi però si stanno esaurendo e presto non avrò scelta. Anche se mangiamo quasi sempre al suo ristorante, continuo a pagare la camera dell'albergo. Un conto alla rovescia grava su di me e, pur scansandone il pensiero, so che il mio viaggio qui è giunto al termine, è ora che io prenda una decisione.

O mi convinco a cercare un lavoro qui o prenoto un biglietto di ritorno per Roma. È semplice.

Mi pianto davanti a un largo portone di ferro e provo a immaginare come sarebbe vivere qui, fare questo tragitto ogni giorno per andare al lavoro, passare il tempo libero con lui, farmi dei nuovi amici. Mi piacerebbe molto e, maggiore è il tempo che trascorro insieme a lui, più stare qui mi sembra la naturale evoluzione del nostro rapporto.

Gli sorrido, mi appiattisco all'ombra di un cartellone pubblicitario e bevo una sorsata d'acqua. In effetti fa un po' caldo.

«Sei stanca?»

«Sì, il sole picchia forte oggi. Entriamo in quel caffè?»

«Perché no, mangiamo qualcosa», risponde passandomi il braccio sulla spalla.

Siamo attorniati da un coro di voci che si rispondono tra loro, gente al telefono, donne con eleganti ventiquattrore, bambini con grossi coni gelato pendenti, persone cariche di buste che lasciano indovinare il contenuto costoso dei loro acquisti. Un fiume in piena di passi veloci scatta insieme al verde dell'attraversamento pedonale, sembrano non guardare né a destra né a sinistra mentre camminano; mi viene da ridere, sia io che Marco controlliamo sempre, non abbiamo perso l'abitudine a farlo, siamo italiani e non riponiamo la fiducia necessaria sulle strisce pedonali.

Mi giro a sinistra e mi fermo un secondo, per poco non mi lascio travolgere dalla folla: mi è parso di rivedere Jacopo, era con una donna e, come sulla barca, mi fissava.

Appena giungiamo al lato opposto del marciapiede Marco mi chiede spiegazioni.

«Perché ti sei fermata, prima?»

«Non saprei, per un attimo mi sono sentita disorientata, ho pensato che dovessimo svoltare a destra», mento guardandomi disperatamente intorno alla ricerca di Jacopo. Non lo vedo più.

«Sicura? Sembri preoccupata?»

«Sto bene, starò meglio a stomaco pieno», dico evasiva.

Lui mi fissa incerto e allora taglio corto e lo bacio sulle labbra augurandomi di dissipare così le sue domande inespresse.

Davanti a un'aranciata mi dico che mi sono sbagliata, non c'è nessun Jacopo che mi segue. Ho immaginato tutto.

«Non è che ti ritrovi un ombrellino in quello zainetto?», mi chiede Marco.

Lo guardo stralunata scuotendo il capo.

«Guarda, piove!»

«Ci voleva, l'aria era asfissiante».

Restiamo imbambolati a guardare la gente fuori che reagisce all'acquazzone improvviso: chi corre all'impazzata, chi si mette le borse sulla testa, chi si precipita ai lati della strada a ripararsi sotto i cornicioni dei palazzi. Quello è Jacopo, ancora!

È sul lato opposto della strada, è sempre con quella donna, e mi guarda. Mi alzo di scatto.

«Che succede?», mi chiede Marco, alzandosi anche lui.

Lo guardo e non so cosa rispondere, guardo di nuovo verso Jacopo ed è sparito. Ho il cuore che batte all'impazzata, mi riseggo.

«Niente, scusa, non farci caso, mi sono solo ricordata che dovevo chiamare Sòfia».

«Margareth, dimmi la verità. Sei spaventata? Sei diventata pallida», mi supplica.

«Sono solo ansiosa per il suo colloquio. Non è niente, davvero», cerco di sfoggiare un sorriso accattivante.

«Lo sai che puoi dirmi tutto, vero?», dice facendosi serio.

«Certo, grazie, ma è tutto ok».

Mi stringe le mani poggiate sul tavolo e mi sento meglio.

«Sembra che stia spiovendo, meglio andare», suggerisco.

«Dove si va?»

«Converrà restare in albergo, il tempo è incerto», rispondo carezzandogli i polsi, sperando che colga l'invito sottinteso.

Tanto basta perché torni sereno.

Facciamo strada per l'albergo come se non fosse successo nulla. Forse, se non ci penso, quest'allucinazione sparirà da sola. Ci godiamo la vista di New York bagnata dalla pioggia, mi fermo a fare una foto; vista così, la quinta strada sembra un dipinto impressionistico.

Arriviamo in hotel, inserisco la scheda per aprire la porta della camera e caccio un urlo di spavento.

Jacopo è seduto sul mio letto.

Marco guarda prima lui e poi me, è livido di rabbia.

«Che diavolo ci fai qui?», chiedo in preda al terrore.

«Ho voluto farti una sorpresa», dice Jacopo.

«Che succede, Meg? Pretendo una spiegazione, chi è quest'uomo?», domanda Marco.

«Chi sei tu?», interviene Jacopo con una punta di sarcasmo. Sembra proprio che conosca già la risposta.

Ignoro la sua domanda provocatoria e mi giro in direzione di Marco: «Marco, mi dispiace, lui è Jacopo, io non avevo idea che fosse qui a New York».

«Avevo capito che mi nascondevi qualcosa, ti ho concesso il beneficio del dubbio, prima ti ho dato l'opportunità di spiegarti e non lo hai fatto. Ora è tardi», dice andando via dalla camera a passi veloci.

Lo inseguo per diversi corridoi cercando di raggiungerlo: «Marco, ti prego, lascia che ti spieghi. Ti supplico!»

Si volta indietro e nei suoi occhi leggo una profonda delusione: «Rispondi solo alla mia domanda: lo avevi già visto qui?»

«Sì», non riesco a mentire più «ma non ero sicura. Non avevamo mai parlato».

«Va' pure a parlargli e non cercarmi più. Sono stato chiaro a proposito delle menzogne. Addio, Margareth».

«Marco, ti prego, aspetta...»

«Abbi almeno la bontà di lasciarmi in pace», conclude voltandosi nuovamente di spalle.

Lo guardo andare via e col volto bagnato di lacrime torno indietro in camera mia.

Non permetterò a Jacopo di rovinarmi la vita.

Non può comportarsi così.

Non mi ha accompagnata all'aeroporto, non mi ha mai chiamata da quando sono qui, ignorando i miei messaggi e le innumerevoli telefonate; ed eccolo che arriva per pedinarmi da lontano facendomi impazzire e poi lo trovo nella mia camera. Per me può anche sparire per come è arrivato.

Sono furiosa con lui, non ho idea di come potrò recuperare con Marco, l'ho ferito, avrei dovuto confidargli ogni cosa. Ha ragione lui. Era l'ultima persona al mondo che avrei voluto deludere, non posso perderlo, sono innamorata di lui.

Apro la porta della mia camera con forza, la testa mi pulsa per la rabbia, Jacopo deve darmi delle spiegazioni e poi lo costringerò a spiegare a Marco come stanno le cose... Peccato che sia sparito!

Dove diavolo è andato?

-2020-

Mi risveglio bruscamente, ho i battiti accelerati, la testa mi scoppia, ho la sensazione che il mio cranio possa andare in frantumi da un momento all'altro e ogni movimento mi costa fatica; richiudo gli occhi e respiro a fondo finché non mi rilasso. È normale che gli ansiolitici facciano quest'effetto? Avrebbero dovuto aiutarmi a dormire bene, e invece...

Quando apro le palpebre trovo Jacopo che si sta vestendo. Mi guarda sottecchi, controlla se sono felice? Non è questo il caso, caro mio. Non lo saluto nemmeno, faccio finta di essere ancora in dormiveglia e mi giro dall'altra parte.

Questa volta ho fatto un incubo devastante, Marco e Jacopo si trovavano nella stessa stanza e ho perso Marco, l'uomo che, a dar retta alle mie fantasie, amo. L'ipotesi della Angioli, che si tratti della stessa persona sdoppiata tra due alter ego, mi suona quanto mai improbabile. Pur ammettendo che la dottoressa sia una che sappia il fatto suo, la persona che in sogno non voglio perdere non è Jacopo. È Marco quello che inseguo e per cui piango. Non mi importa nulla di Jacopo.

Forse l'ho sognato perché sono ferita, perché c'è un'altra donna nella sua vita, una con cui forse si comporta con dolcezza. Le dirà che l'ama? Mi sento sfinita, non volevo arrivare a questo punto, ai farmaci, alle allucinazioni. Rischio di perdere i miei figli, così. Già m'immagino al tribunale e vedo l'avvocato della controparte che comunica al giudice che vado in analisi e prendo dei farmaci, perché credo che i sogni interferiscano nella mia vita. Conservo oggetti che non esistono. Non avrei speranze di ottenere la loro custodia, la mia unica possibilità è tenermi un marito che mi tradisce. Vorrei poter parlare con Sòfia, ma non so più se posso fidarmi. Dubitare di lei mi fa soffrire, però la posta in gioco è troppo alta, ci sono Emma e Lucas.

Devo prima scoprire chi è quest'altra donna.

Mando un messaggio a mia sorella Luana, chiedendole di passare a trovarmi. Mi risponde che sarà qui il prima possibile.

Mi ritrovo a cercare ancora quegli oggetti fantasma, guardo nei posti più impensabili: tra i detersivi, nella cesta della biancheria sporca, in frigorifero, sotto ai letti dei ragazzi, tra i vestiti di mio marito, dentro l'armadietto delle medicine. È tutto inutile. Li ho immaginati, ma non posso accettarlo, li ho stretti tra le mani, li ho nascosti. Li ho mostrati a Sòfia, ho sbattuto il ventaglietto in faccia a Jacopo! Sono un essere inutile, non faccio che vaneggiare. Forse davvero i bambini starebbero meglio con Jacopo; sarà pure uno stronzo, ma almeno è lucido.

Faccio un po' d'ordine in casa e sento suonare alla porta.

«Ciao, Lu', grazie di essere passata».

Si accomoda su uno sgabello al bancone della cucina.

«Nessun problema. Che succede?»

«È roba seria, tua sorella dà i numeri», prorompo con occhi lucidi.

«Spiegati, non farmi stare in ansa», mi incita.

«Ci vorrà un po' di tempo».

«Sono tua sorella, ho tutto il tempo che ti serve».

«Ricordi che sognavo sempre di andare a New York?»

«Certo, prima o poi accadrà, ne sono sicura».

«In un certo senso è accaduto».

«Cioè?», chiede sgranando gli occhi.

«A un certo punto ho sognato che arrivavo in aeroporto, con Sòfia, a ventiquattro anni, dopo la laurea».

«Niente di strano. Quindi?»

«Ogni notte da quel momento in poi ho continuato quel sogno, come in una vita parallela, sembrava troppo reale».

«Come una specie di serie tv?»

«Sì, notte dopo notte, il sogno riprende dal punto in cui l'ho lasciato la notte precedente, e in sogno ho avuto una relazione con un uomo…»

«Di che ti preoccupi, sono solo sogni, Meg!»

«Però questi sogni hanno cominciato a interferire con la vita reale».

«In che senso? Non ti seguo più», si scusa poggiandomi una mano sul braccio.

«Quell'uomo, Marco, mi ha regalato un ventaglietto di carta e quando mi sono svegliata l'ho trovato nella mia borsa». Guardo con ostinazione i suoi occhi per assicurarmi di essere chiara.

Luana annuisce: «Ok, continua, hai la mia attenzione».

«Quando mi sono svegliata l'ho mostrato a Sòfia e lei mi ha suggerito di chiedere a Jacopo, ipotizzando potesse trattarsi di un regalo. Lui non ne sapeva nulla e mi ha preso per matta».

«Tra di voi è tutto ok?»

«Non direi, ho ragione di credere che mi tradisca, ho trovato dei messaggi sul suo cellulare, ho chiamato e ha risposto una donna. Credo voglia lasciarmi ed è colpa del sogno, in un certo senso».

«Mi dispiace tanto. Cos'è accaduto?»

«Abbiamo litigato dopo la storia del ventaglietto, mi ha detto che avrei dovuto prendere degli psicofarmaci se credevo che gli oggetti potessero arrivare dai sogni e così sono andata a dormire da Sòfia. Mentre ero lì lei mi ha mostrato un documentario inedito sulle Torri Gemelle e ho visto una scritta incisa su un tavolino che avevo già vista in sogno. Quella notte ho sognato che ero con Marco da Tiffany e lui mi regalava la collana. Sòfia, quando l'ha vista al mio collo la mattina seguente, era sgomenta».

«Direi... è incredibile. Cioè... al mattino indossavi davvero una collana di Tiffany?»

«Sì, è così. Poi è stata la volta dei biglietti del teatro, dopo un sogno ho trovato anche quelli in borsa. Ho nascosto tutto in una scatola dentro l'armadio e ora non ci sono più».

«Chi altri ne era a conoscenza?»

«Sòfia ha visto il ventaglio e la collana, Jacopo solo il ventaglio. Ne ho parlato con una psicoterapeuta che mi sta seguendo e lei dice che questi oggetti li ho solo immaginati, mi ha dato delle medicine per dormire meglio, quando ho controllato il posto in cui li avevo nascosti, in effetti non c'erano».

«Prima hai detto che Sòfia li ha visti e che Jacopo ha visto il ventaglietto!»

«La dottoressa Angioli dice che hanno fatto finta, e per questo mi hanno spinta entrambi a fare analisi. Ho sentito Jacopo che parlava con lei al cellulare chiuso in bagno. Credo sia così, credo di essere pazza. Perderò la custodia dei bambini, Lu'», esplodo in un pianto di sfogo, riesco a malapena a respirare.

Mi versa un bicchiere d'acqua e mi accarezza la schiena: «Tu non sei pazza, ti conosco. Non sta né in cielo né in terra. Voglio che chiami subito Sòfia, devo parlarle».

«Non mi fido di lei, credo mi nasconda qualcosa», rispondo afflitta.

«Vale la pena chiamarla, fammi il suo numero, ci parlerò io».

Va in camera mia per parlarle e quando torna mi dice:
«Buone notizie, ma anche cattive».

«Cioè, cosa ti ha detto?»

«Che Jacopo l'ha contattata, per chiederle degli oggetti. Lei li ha visti davvero, non sono frutto della tua fantasia, era scioccata quanto te. Tu non sei pazza, Sòfia ha detto a Jacopo dove li tenevi, era preoccupata per te».

«Quindi, è stato Jacopo?», faccio due più due.

«Purtroppo credo di sì, forse vuole toglierti i bambini e la libreria, ha senso se mi dici che c'è un'altra. È triste, lo so».

«Ma la dottoressa ha detto...»

«È una cretina», m'interrompe. «Dobbiamo seguire tuo marito e scoprire la verità. Se vuole distruggerti la vita lo incastreremo, non voglio perdere i miei nipoti. Dov'è ora?»

«Dovrebbe essere in negozio. Ma perché farmi una cosa del genere?», le rispondo perplessa.

«Perché farti credere di essere pazza, se anche lui ha visto quegli oggetti? Ha avuto pure conferma da Sòfia. C'è qualcosa sotto, credimi. Seguiamolo e troveremo le risposte».

«Va bene, andiamo».

Saliamo in auto e posteggiamo nelle vicinanze del negozio, ci appostiamo dietro un auto, sul marciapiede opposto, per spiarlo. Jacopo è al telefono e vi rimane per almeno un'ora.

«Starà parlando con lei, vero?» chiedo a mia sorella.

«Probabile, io mi sono fatta un'idea... Si è alzato, guarda!» esclama Luana.

«Cosa fa? Chiude il negozio? Sono le dieci!»

«Vediamo dove ci porta, forza, seguiamolo».

Camminiamo a una decina di metri da lui, va a passo spedito per Via Vittorio Veneto, poi svolta a sinistra per via Ludovisi e s'infila in una viuzza laterale fermandosi davanti a un elegante edificio grigio. Attendiamo qualche minuto e poi lo vediamo avvicinarsi a una macchina rossa. Una donna bionda scende dal lato guida e lo bacia con passione.

«Meg, scommetto che è la tua cara dottoressa, ho ragione?»

Annuisco debolmente. Non ci credo, hanno montato una storia assurda, volevano farmi sentire pazza! Voleva davvero togliermi i bambini... è troppo, troppo...

Un pensiero improvviso attraversa la mia mente.

«Sì, ma... se quegli oggetti esistevano davvero, se non li ho immaginati, come hanno fatto a trasferirsi dai miei sogni alla realtà? Loro li avranno fatti sparire, ma non possono averli fatti apparire! Oh, mio Dio, Lu'... allora, allora sono pazza davvero!»

«Meg, Meg? Non svenire ti prego!»

16

-2002-

«Buongiorno, Meg, sono la mamma, ti ho portato dei fiori, sono tulipani olandesi, piccoli e colorati. Trovo che siano deliziosi. Filippo, mettiamole un po' di musica».

«Cia-o, pi-cco-la, sei sveglia? Ci sono anch'io, sono pa-pà».

«Filippo, ti prego… Perché le parli come un ebete? Così farà più fatica a ricomporre le parole».

«Ha riso, Anna, Anna, ha riso. Hai visto? Sono sicuro, rideva. Chiama il dottore».

«Meg, ci senti? Guardami amore».

«Ti ha guardata, ha girato gli occhi. Dottore, dottore, aiuto!»

«Calmati, Filippo, ci hanno detto di parlare a bassa voce. Va' a cercare il dottore e fa' piano».

Mamma sta piangendo, è in preda ai sussulti, mi accarezza il braccio, non riesco a muovermi.

Non capisco dove mi trovo, che mi succede? Perché non posso girare la testa? Mi sento legata. La luce mi dà fastidio, la voce non esce. Sono a letto in una camera dalle pareti giallo canarino, ci sono foto appese, troppo distanti perché riesca a distinguerne i volti. Chiudo gli occhi, mi gira la testa.

Sento un rumore di passi che si avvicinano, entra qualcuno accompagnato da mio padre.

«Ha sorriso, le dico, mia moglie ha fatto una battuta e lei ha riso».

«Il dottore sta arrivando, la visiterà presto, signor Cordaro, sarà qui entro un paio di minuti. Per favore, stia sereno, ricordiamoci di non agitarci in ogni caso. Margareth ha bisogno di pace».

Riconosco la sua voce, è Laura, la ragazza abruzzese, la cliente del negozio. Che ci fa qui? Apro gli occhi per guardarla, perché è così diversa? Sono sicura che sia la sua voce, il viso è diverso ed è più in carne di quanto ricordassi. Perché questa divisa da infermiera? Due lacrime mi scendono sul volto e mia madre le asciuga prontamente.

«Si sta spaventando, cerchiamo di stare tranquilli».

Laura si avvicina: «Ciao, Meg, sono Laura, non preoccuparti; adesso arriva il dottor Ferrante, va tutto bene, cara», dice accarezzandomi il braccio.

«Buongiorno, signori, che succede qui?»

«Dottore, la visiti, ha sorriso a una battuta e poi ha guardato mia moglie quando glielo ha chiesto. Si sta svegliando? Ci sono delle speranze?»

«La speranza in questi casi è l'unica arma, non si faccia illusioni però: vi ho spiegato che in questi casi i pazienti possono occasionalmente rispondere agli stimoli esterni».

«Ma non aveva mai sorriso».

«Lasci che la visiti».

«È normale che spalanchi gli occhi in questo modo?», chiede mia madre.

«Signori, lasciatemi lavorare».

«Sedetevi adesso, lasciamo fare al dottore, abbiate pazienza», a parlare è la donna con la voce di Laura.

«Siamo scossi, ci scusi».

«Margareth, salve, sono il dottor Ferrante, si trova in una camera d'ospedale, ha avuto un incidente. Sbatta le palpebre se mi ha compreso».

«Le ha sbattute, l'ho vista!»

«Signori, vi prego o dovrò farvi uscire», li rimprovera l'uomo.

«Ricorda l'incidente? Sbatta le palpebre se ricorda»

Cerco di non sbattere gli occhi.

«Bene, non ricorda, non si preoccupi, può succedere dopo un trauma cranico, segua il mio dito adesso».

Cerco di seguirlo anche se mi costa fatica, a un certo punto sono troppo stanca, devo richiuderli.

Quando mi risveglio, sono sempre in questa stanza, la mamma è seduta su una sedia accanto alla mia e dorme. Il mio corpo è sempre intrappolato.

«Ma-mma», riesco a dire con un filo di voce. Non mi sente, provo a girarmi, è doloroso.

«Pa-pà», chiamo debolmente.

«Maggie, sono qui, siamo con te. Va tutto bene».

«Ha parlato?», urla mia madre trapanandomi le tempie. Richiudo gli occhi, non sopporto tutta questa luce.

«Meg», mi sussurra «Ci sei?»

Riapro gli occhi: «I ba- ba-mbi-ni» chiedo.

«Quali bambini, tesoro? Emily è dalla zia, sta bene».

«E-mma», cerco di gridare, ma non ce la faccio «Lu- cas».

«Emma, Lucas, Meg, non sapresti... Filippo chiama il dottore», sussurra piangendo.

Cos'è uno scherzo? Cosa è successo ai miei bambini? Non potrei sopportarlo, se fosse loro accaduto qualcosa di brutto, no, non è possibile. Perché mamma piange? Piango anch'io, i miei bambini...

«Buongiorno, Margareth, sono il dottor Ferrante, ci siamo visti ieri. Ricorda?»

Annuisco e il dolore mi lacera.

«Ottimo, bene, un grande progresso, Meg».

«I ba-, i bam-bi-ni, co-me», prendo fiato «sta-n-no?»

Il dottore si gira verso i miei genitori.

«Quali bambini, Meg?», chiede mio padre tra i singhiozzi.

«E-mma, Lu-cas, do-ve so-no?», piango per la frustrazione e temo il peggio.

«Dottore, credo di aver capito, le posso parlare in privato?», dice l'infermiera.

Mi sveglio e ora non c'è più luce, sono sempre qui, accanto a me c'è mia madre, mi tiene per mano, la stringo e lei sussulta.

«Ma- mam-ma».

«Meg, sono qui, come ti senti oggi?»

«Di-mmi, i bam-bi-ni, cosa è su-cce-ss-o?»

«Stanno benissimo, tranquilla, tesoro, sono al sicuro, a casa», mi dice tra le lacrime e mio padre accanto a lei annuisce, pure lui piange.

Grazie al cielo! Le sorrido. «So-no stan-ca».

«Buongiorno, Margareth, come va oggi?»

«A-cqua».

«È alimentata con un sondino gastrico, non credo sia una buona idea, non sappiamo se riuscirà a deglutire».

«A-cqu-a».

«Va bene, mi dia un momento, proviamo a sollevarla. Chiamo l'infermiere. Non abbia fretta di parlare, si prenda tutto il tempo, è in buone mani. Grandi progressi... eccezionale».

Si allontana e torna poco dopo con un infermiere.

«Margareth, adesso la solleveremo lentamente, chiuda gli occhi, potrebbe avere dei capogiri».

Annuisco obbediente e sono felice di averlo fatto, mi sento su una giostra, ho la nausea.

«Come va?», mi chiede dopo un po' il dottore.

«Be-ne, la te-sta, gi-ra».

«Sta riacquisendo coscienza di sé, straordinario. Il dolore è normale, passerà, deve riabituarsi, ci vorrà un po' di tempo, ma ha fatto progressi insperati nell'ultimo periodo. Questo mi fa sperare».

Mi bagnano le labbra con una garza umida.

«Adesso le misureremo la pressione arteriosa. Posso farle alcune domande, se la sente?»

«Sì».

Lo seguo mentre prende la mia cartella e una penna, l'altro uomo mi stringe una fascia al braccio.

«Come si chiama?»

«Mar-ga-re-th».

«Ricorda il suo cognome?»

«Cor-r-da-ro».

Un sorriso mi mostra le rughe ai lati degli occhi nocciola.

«Straordinario. Dove vive?»

«Ro-ma».

«Giusto. Può dirmi la sua età?»

«Qua-ran-ta-tre» è così difficile parlare.

«Può ripetere per favore, non ho capito».

«Qua-ra-nta-tre. So-no stan-ca».

Emette un sospiro e poi annuisce: «Riposi pure, adesso, grazie per la pazienza».

Sono sveglia, sono ancora in ospedale, il mio letto è sollevato. Una forte luce filtra dalle finestre. Luana è vicina a me.

«Lu'», la chiamo.

«Ciao, dormigliona», mi saluta con gli occhi lucidi. «Come stai?»

«Be-ne». Si avvicina e mi stringe la mano.

«Mi sei mancata. Non ci credevo, quando papà e mamma lo hanno detto...», non riesce a finire la frase impedita dal pianto.
«Non pian-ge-re, sto be-ne».
«Lo so, sono felice. Posso abbracciarti?»
«Sì».
«Un po' d'ac-qua».
«Ok, un attimo», dice asciugandosi gli occhi. Imbeve una garza in un bicchiere e me la avvicina alla bocca. Deglutisco a fatica.
«Va bene così?»
«Sì».
«Vuoi che ti legga qualcosa? Abbiamo portato dei libri, c'è la Bront-»
«No», la interrompo. «Cosa mi è suc-cesso?»
«Il dottore ha detto che devi stare serena, non dobbiamo darti troppe informazioni, tu pensa a guarire, possiamo continuare dove abbiamo lasciato l'ultima volta».
«Lu', ti pre-go...»
«Hai avuto un incidente, nessuno oltre te si è fatto male».
«In a-u-to?»
«No, un incidente pedonale, possiamo dire. Sei caduta, hai sbattuto la testa, una banalissima, stupida, stramaledetta caduta».
«Da qua-nto so-no qui?»
Mia sorella è reticente, si gira a prendere un libro. Non riesco a ricordare nulla per quanto mi sforzi.
«Lu', da qua-nto?»
«Sette mesi», dice tra le lacrime.
No.

Mi sveglia un'infermiera che mi misura la pressione.
«Buongiorno, Meg, bentornata. Come andiamo oggi?»
«La-u-ra?»

«Sì, ricordi il mio nome, molto bene».

Le afferro il braccio «Che gior-no è oggi?»

«Come parli bene, stai facendo enormi progressi, davvero, cara. Ora chiamo il dottor Ferrante, puoi chiederlo a lui. La pressione è perfetta».

Aspetto pazientemente l'arrivo del medico, passa diverso tempo. Ho sete, c'è un bicchiere d'acqua sul comodino, sposto il braccio per prenderlo ma lo faccio cadere. Voglio mettermi in piedi, piegare le gambe è doloroso. Non posso più stare qui, devo vedere i miei figli. Perché non me li hanno portati? Dov'è Jacopo? Mi metto in piedi e diventa tutto buio.

«Margareth, sono il dottor Ferrante. È svenuta, deve andarci piano».

«Dot-to-re, non ca-pi-sco, vogl-i-o la veri-tà».

«Dunque, Meg, va bene, ma deve promettermi di stare serena».

Faccio di sì col capo.

«Lei ha avuto un incidente, un serio trauma cranico, è stata un paio di settimane in coma e poi è entrata in uno stadio intermedio, ciò che nella letteratura scientifica viene definito stato di coscienza minimo. Annuisca se riesce a seguirmi, non voglio che si stanchi, è ancora molto debole».

Annuisco talmente in fretta da avere un capogiro.

«Sono trascorsi sette mesi dal momento del suo incidente, mesi in cui non abbiamo sperato, le confesso, ma nell'ultimo mese sembra che il suo sistema neuronale si stia ristabilendo. Deve essere fiera dei suoi progressi, non abbiamo una vera casistica di riferimento, ci sono stati pazienti che in condizioni simili alla sua sono rimasti in stato vegetativo, altri che hanno riacquisito molte delle loro facoltà, mentre altre sono risultate compromesse. Mi capisce?»

«Sì».

«Bene. Il suo corpo sta reagendo superbamente alla stimolazione. La sua famiglia le è sempre stata vicina, i suoi amici, il personale. Ci sono buone probabilità che lei si ristabilisca, ma sarà un duro percorso, dovrà riabilitarsi lentamente, fare logopedia, fisioterapia, ma non sembrerebbe ci siano seri danni; è quanto di meglio si potesse sperare. Naturalmente sarà affiancata a un neurologo».

«O-k».

«Qua-n-do po-trò ri-ve-de-re i- i mi-ei ba-mbini?»

Il dottor Ferrante sospira deluso. «Al momento l'unico problema sembra essere la sua memoria a lungo termine, abbiamo visto che riesce a memorizzare ciò che apprende a breve termine, ma il trauma potrebbe aver compromesso la sua memoria a lungo termine».

«Non ca-pi-sco».

«È come se ci fosse un'interferenza, non so come spiegarglielo perché anch'io mi muovo alla cieca, sono in un territorio inesplorato, non ho documentazione di riferimento. Il suo cervello ha rielaborato in modo errato le informazioni ricevute dagli stimoli sensoriali ricevuti in questi mesi, parlo soprattutto delle visite dei familiari, degli amici, del personale».

Scuoto la testa, non è chiaro.

Fa un po' di silenzio, indeciso su come andare avanti: «Lei non ha dei figli, Margareth. Emma e Lucas sono i figli della capo reparto. Io e l'infermiera Laura abbiamo ricostruito la vicenda e l'abbiamo interrogata. Pare che venisse in questa stanza quando doveva parlare al telefono, è in lotta col marito per l'affidamento dei bambini. Sono mortificato per la mancanza di professionalità, la signora Moranti è stata ammonita severamente ed estromessa dal suo incarico».

Lacrime amare mi scorrono sul volto, non è possibile, sono confusa. I miei bambini?

«Sa dirmi in che anno siamo, Margareth?»

«Due-mi-la- venti», dico sgomenta.

«No, non siamo nel duemilaventi, non ancora. Oggi è il 14 Maggio 2002, lei ha avuto l'incidente il 4 settembre del 2001, otto mesi fa e un mese fa ha mostrato i primi segni di ripresa di coscienza».

«Cosa vuo-le di-re?», mi sforzo pur sentendo le forze che vengono meno.

«Lei ha ventiquattro anni, Margareth, si è laureata meno di un anno fa, ha avuto uno scontro con un uomo in aeroporto, sarebbe dovuta partire per New York».

Sono sotto shock, mi sento mancare.

«Lei non è sposata, lei non ha figli…»

Ogni rumore si è attutito.

«Ma-mma».

«Ciao, tesoro, sono con te. Il dottore è molto felice dei tuoi progressi, dice che capisci tutto e memorizzi le nuove informazioni. Presto finirà, e ce ne andremo da qui» dice avvicinandosi.

«Sol-le-va-mi, per favo-re».

«Certo, vado a chiamare l'infermiera, loro sanno meglio di me come usare queste diavolerie elettroniche».

Fisicamente sto meglio, muovo le braccia e la luce ora mi dà meno fastidio, ho fame. Il ricordo delle ultime parole del dottore mi arriva all'improvviso, devo vomitare.

«Meg, che succede?»

Aspetto che mia madre e l'infermiera mi ripuliscano e poi, quando finalmente sono sollevata, affronto mia madre. Sono confusa, non so cosa sia vero e cosa no.

«Mam-ma, ho parla-to con il do-tto-re, è ve-ro?»

«Sì, Meg, ricordi cosa ti ha detto l'altro giorno?»

«Non so-no sicu-ra. Quan-ti anni ho?»

«Ventiquattro».

«So-no spo-sata?»

«No, e non hai ancora dei figli, ma non pensarci, c'è tutto il tempo, diventerai una brava mamma in futuro, adesso pensa solo alla riabilitazione».

«Tu men-ti. Io ho qua-ran-ta», la mamma m'interrompe e mi porta uno specchio.

«Guardati, amore mio, sei ancora una ragazzina», mi dice dolcemente.

Sono giovane.

«Buon pomeriggio, sorellina, guarda chi ti ho portato». Luana entra in stanza con una bambina, non capisco... Sì, sì che capisco, è mia sorella Emily, è ancora una bambina. Emily si avvicina correndo, piange e mi abbraccia: «Sei sveglia, ho pregato tanto», singhiozza.

«Ciao», le carezzo i capelli emozionata, è ancora un piccolo angioletto, ho immaginato tutto.

«Basta adesso, Emy, Meg è debole».

«Scusa, mi dispiace, ti ho fatto male?»

«No, sto be-ne, come state?», sorrido loro.

«Stiamo bene, tutto ok, ora che tu sei in via di guarigione il mondo ha ripreso a girare anche per noi».

«Oggi è il mio compleanno, faccio dodici anni, te lo ricordi? L'unico regalo che volevo era vederti sveglia e sono stata accontentata, è il mio compleanno migliore».

«Auguri, ti voglio be-bene».

«Stanno arrivando anche mamma e papà, ci hanno concesso di fare una piccola festa qui. Una festa silenziosa», dice Luana, ammonendo Emily.

«Bello», rispondo grata «Lu', che fi-ne ha fat-to Ja-co-po?»

«Meg, per favore, ogni volta che provi un'emozione forte svieni, non roviniamo tutto. Ne parleremo dopo».

«Pre-ferisco sa-pere».

«È stato qui diverse volte soprattutto all'inizio, poi ha cominciato a venire di rado e aveva deciso di non venire più, sin quando non gli abbiamo detto dei tuoi miglioramenti. So che è venuto a trovarti di recente. Non ce la faceva più, devi capirlo, è stato difficile, è entrato in analisi».

«È un cretino», interviene Emily risoluta.

La guardo con aria interrogativa e poi mi giro verso Luana.

«Ora si vede con la sua psicologa, mi dispiace».

«Non ti preo-ccu-pare, in qualche modo lo sa-pevo».

«Quindi è vero che sentivi tutto?»

«Più o me-no, an-che se la mia mente riela-borava con fanta-sia. In par-te sognavo di esse-re a New-yor-k». Tutto adesso mi sembra solo un lontano sogno ingarbugliato.

Mia sorella Luana s'impensierisce, si volta a guardare dalla finestra.

«Vero che pensavi di avere due bambini?», chiede divertita Emy.

«Già! E tan-te altre cos-e, nella mi-a te-sta è successo di tutto».

«Cosa sognavi su New York?», domanda Luana.

«L'uo-mo dei so-gni, una romanti-ca love story e una colla-na di Tiffa-ny» faccio una smorfia, in fondo ne sento ancora la nostalgia.

Luana mi guarda indecisa e poi va al comodino, apre il cassetto e tira fuori qualcosa.

«Una collana come questa?»

17

-2002-

Fisso la collana come inebetita. Sembra proprio quella! Chiudo gli occhi e mi lascio andare sul cuscino. Una sgradevole sensazione d'angoscia mi attanaglia. È così difficile riacquisire contatto con la realtà, fare i conti con le vite parallele che ho vissuto in questi mesi.

«Co-sa ci fa qu-ella co- sa nel casse-tto?»

Mia sorella fa una smorfia, prima di rimetterla al suo posto.

«Non ne sapevo nulla neanch'io fino a qualche giorno fa. È venuta a trovarmi l'ex caporeparto, la signora Moranti, per avvisarmi che aveva messo questi oggetti nel cassetto del tuo comodino. Lei li aveva presi e trattenuti a casa sua, ma non per rubarli, solo per non creare ulteriore confusione».

«Non... non capisco. Qua-li oggetti?»

Mia sorella mi fissa ancora, indecisa se proseguire.

«Lu', ti prego... ho bi-sogno di sa-pere la verità, per ca-pire, e di-stinguere la realtà dalla fa-nta-sia. Ora ho in testa una gran confu-sio-ne».

«Va bene. Allora tornerò indietro di qualche mese, al giorno del tuo incidente. Te la senti?»

«Sì», rispondo decisa.

«Ti abbiamo detto che sei caduta in aeroporto, mentre eri in partenza per New York, ma non ti abbiamo spiegato come...»

Luana si ferma un istante. Attendo che prosegua con il fiato sospeso. Pendo letteralmente dalle sue labbra.

«Vedi, cara, non sei caduta da sola... ti sei scontrata con qualcuno. Entrambi stavate correndo, senza fare troppa attenzione e... l'impatto è stato forte, ma lui non si è fatto nulla, mentre tu, cadendo, hai battuto la testa su un carrello e hai perso conoscenza».

«Lu-i? Hai detto lui?»

«Esatto. Si tratta di un ragazzo, stava andando a New York per motivi di lavoro. È rimasto sconvolto da quanto accaduto, è stato molto addolorato, per te e per la nostra famiglia. Ha chiesto più volte di venirti a trovare, ma mamma e papà non hanno voluto. Anche se non ha colpe e si è trattato di un incidente, non volevano saperne di lui».

«Ah...», rispondo delusa, chissà perché. «E tutto questo cosa c'entra con la collana?»

«Bè, vedi... quell'uomo non si è arreso».

«Uomo? Prima hai parlato di un ra-gazzo. Quanti anni ha?»

«Ventotto, credo. Ha cercato di prendere contatti con la capo-reparto, la Moranti, che come avrai capito è una che va un po' fuori dalle righe. L'ha supplicata di farlo salire...»

«E le-i?»

«Lei, com'era ovvio, si è rifiutata. Non poteva assumersi questa responsabilità. Ma... si è fatta carico di cercare di convincere qualcuno della famiglia. Per la precisione... me».

«Oh», mi sento mormorare. «E... c'è riusci-ta a convin-cer-ti?»

Luana mi guarda, come se si sentisse in colpa.

«Ho accettato di vederlo e lei ha organizzato un incontro. Ci siamo visti in un bar, qui fuori. Mi ha fatto pena, si sentiva responsabile nei tuoi confronti perché a causa della sua distrazione tu eri in questa condizione. Mi ha supplicato di poter salire per pochi minuti, per provare a darti un po' di conforto. Così ho acconsentito, senza dire nulla a mamma e papà. È stato qui per meno di mezz'ora e io sono rimasta nella stanza tutto il tempo. Per l'emozione balbettava».

«E cosa diceva?»

«Ti parlava di New York, descrivendoti posti bellissimi, tipo Central Park, un mosaico di John Lennon, Il MoMA, un ristorante il cui piatto prelibato è...»

«Le vongole grati-nate con salsa alla me-nta... il *Cole-man*», interrompo Luana.

«Esatto! Allora... tu sentivi tutto!»

«Sì, ma la mia mente mi ha gio-cato un bru-tto scherzo. Uno scherzo crude-le».

«Davvero, cara? Non sai quanto mi dispiace».

«No, non devi. Io cre-do che quel so-gno mi abbia comunque aiu-tata».

«Bè, a ogni modo, io credevo che la cosa fosse finita lì. E, invece, ieri ho scoperto che quell'uomo tornava a farti visita all'incirca una volta al mese... e la Moranti lo faceva salire!»

«Capisco... ora capi-sco», mormoro con le lacrime agli occhi. «E lui mi parlava di tutte quelle co-se che io vivevo in sogno: Tiffa-ny, la me-tro, lo spetta-colo, la libre-ria. E-ra lui a parlarme-ne».

«Sì, anche se non ne comprendo il motivo» afferma Luana risentita.

«Sai, parlando-mi di tutti quei be-i posti, acui-va il mio desi-derio. E, per vederli, dove-vo tornare», sorrido. «Forse è anche per questo che mi so-no sveglia-ta. Devo anda-re a New York, ora più che mai».

«Lo farai, tesoro», mi afferra le mani e me le stringe. «È la prima cosa che faremo, non appena sarai in condizioni di affrontare un viaggio. Se c'è una cosa che ho imparato è che niente deve essere rimandato». Una lacrima le sfugge per andare ad appoggiarsi sulla mia mano.

«E... la colla-na?»

«Ah, già... la collana. Sembra che quell'uomo, nel corso delle sue visite, ti abbia portato dei doni e li abbia messi nel cassetto del tuo comodino. La signora Moranti li ha trovati e, intuendo che li avesse lasciati quell'uomo, li ha portati via, per evitare che li trovassero mamma e papà e chiedessero spiegazioni. Ma quando lui è tornato e non li ha trovati... bè, pare che ci sia stata un'accesa discussione qui fra lui e l'infermiera. Lui ha chiesto spiegazioni riguardo agli oggetti spariti. L'infermiera si è giustificata, spiegando il motivo per cui li avesse rimossi e, a sua volta, si è arrabbiata con lui che rischiava di metterla nei guai...»

«Ah, ec-co perché gli ogge-tti sparivano anche nel mio sogno. Ma come fa-ceva l'infermie-ra a sapere che li ave-va la-scia-ti lui?»

«Perché era tutta roba riconducibile a New York! Vuoi che ti faccia vedere anche le altre cose?»

«Aspe-tta... fammi indo-vinare. È un venta-glie-tto con la stampa di Central Park?»

«Esatto!»

«E dei bi-glietti del Pha-Pha...»

«Di The Phantom of the Opera al Majestic Theater... pensa, due biglietti mai utilizzati! Deve essere un po' matto questo tizio».

«Co-me si chiama?»

«Marco Inn...»

Non le lascio finire la frase, portandomi una mano alla testa. Sento un brivido attraversarmi la schiena e giungermi fino al cervello.

«Che hai?», mi chiede Luana preoccupata.

«Nie-nte», cerco di tranquillizzarla. Ma il mio cuore ha accelerato i battiti all'udire quel nome. *Esiste*, penso. *L'uomo dei miei sogni esiste davvero.*

«Scusa, non vo-levo in-terromperti. Dice-vi?»

«Dicevo che si chiama Marco Innocenti. Ora basta, però. Devi riposare. Cerca di non pensare a nulla. Avrai tanto tempo per sciogliere tutti questi nodi, ok?»

Le sorrido, grata.

«Lu'...», la chiamo appena prima che se ne vada.

«E Sòfia?»

«Oh, Sòfia ti è stata molto vicina durante i primi mesi. Veniva a trovarti quasi tutti i giorni».

«E po-i?», chiedo con un misto di curiosità e apprensione?

«Poi ha ricevuto una proposta di lavoro molto importante... a Parigi. È stata molto indecisa, all'inizio quasi non voleva accettare pur di non allontanarsi da te. Siamo stati noi a convincerla a partire, non potevamo permettere che rinunciasse alla sua carriera. Le abbiamo detto che tu avresti voluto così».

«A-ve-te fatto be-ne».

«Da allora è venuta a trovarti una volta al mese, cioè tutte le volte che è rientrata a Roma».

«Capi-sco».

Ed è veramente così. Ora capisco molte cose anche del mio sogno. Gli oggetti che sparivano e ricomparivano, Sòfia che partiva all'improvviso.

Quando Luana esce dalla stanza, chiudo gli occhi e cerco di non pensare. Ha ragione, devo darmi del tempo. In questo momento mi sembra tutto troppo complicato, mettere ordine nei miei pensieri è una montagna troppo alta da scalare.

Non riesco a fermare questo flusso. Le immagini dei miei sogni si sovrappongono e si rincorrono dinanzi a me: Central Park, la libreria di Roma, la camera del mio hotel newyorkese, le risate con Sòfia, le liti con Jacopo, i baci di Marco, i miei bambini, le Torri Gemelle... a proposito! Non ho domandato se esistono ancora.

Uno strano torpore mi invade. Mi sento stanca, come se avessi percorso chilometri e chilometri a piedi. Mi lascio andare al sonno, con il desiderio e al tempo stesso con la paura di tornare nel mio sogno.

Non so quanto tempo ho dormito. Sento il tocco leggero di due dita sulla pelle. Qualcuno mi sta accarezzando dolcemente una mano.

Cerco di aprire gli occhi, ma mi costa fatica. La luce artificiale della camera mi procura fastidio agli occhi e li fa lacrimare. Il mio corpo deve ancora riprendere confidenza con il risveglio dei sensi.

Quando le mie palpebre riescono finalmente ad alzarsi, vedo innanzi a me la figura sfocata di Sòfia. Si porta le mani alla bocca, sta tremando, la sento singhiozzare. Anche per me l'emozione è forte. Una lacrima scorre sulla mia guancia.

«Bentornata», riesce a pronunziare dopo essersi calmata un po'.

Le sorrido, vorrei abbracciarla e stringerla a me, ma le braccia non mi obbediscono, riesco a malapena a sollevarle. Lei si avvicina e mi appoggia con delicatezza la testa sul petto, così posso accarezzarle i capelli.

«Mi se-i manca-ta».

«Anche tu! Se solo sapessi quanto!», risponde con il respiro ancora in affanno.

Rimaniamo in silenzio per qualche minuto, paghe del ritrovarci insieme, l'una con gli occhi nell'altra. Se penso che, nei miei incubi, ho dubitato di lei, una morsa di dolore mi attanaglia e mi fa quasi mancare il fiato. Mi sento in colpa come se l'avessi tradita.

«Mi hanno detto che hai sognato cose strane, in questi mesi», mi dice sorridendo. Sembra quasi che mi abbia letto nel pensiero.

«Il mio cer-vello ha rie-la-borato a modo suo le co-se che avve-ni-vano qua dentro e che mi veni-vano dette».

«È vero. Anch'io ti ho riempita di storie!»

«Qua-li sto-rie?»

«Mah, ti ho raccontato di tutto, di me, del colloquio di lavoro, dell'uomo che ho conosciuto…»

«So del tuo nuo-vo amore», le sorrido. «Come pro-cede?»

«Per adesso bene… però, sai, sono ancora i primi tempi».

«Sì, lo so. Ma so-no certa che andrà be-ne. Vo-rrei chie-derti una cosa».

«Dimmi, tesoro».

«Co-sa è acca-duto alle To-rri Ge-melle?»

La vedo impallidire.

«Oh! Sai persino questo?»

«Allo-ra è ve-ro? Le to-rri non esi-stono più?»

«È accaduto solo qualche giorno dopo la nostra mancata partenza. Chissà, considerato che volevamo visitarle, forse la tua caduta ci ha salvate… Oh, scusa!»

«È la ve-rità. Non de-vi scu-sarti. Co-sa è acca-duto?»

«Un terribile attentato. Dell'11 settembre ne sentirai parlare all'infinito, il mondo non si è ancora ripreso dallo shock e forse non si riprenderà mai».

«Se-i tu che me l'hai ra-cconta-to?»

«No. Era tuo padre a leggerti i giornali. Diceva che voleva tenerti informata, che così quando ti saresti svegliata non ti saresti sentita smarrita».

Provo un impeto di tenerezza al pensiero dell'infinita fiducia di mio padre nel mio risveglio. Ma un genitore non smette mai di sperare, non si arrende. Anche se lo sono stata solo nella mia fantasia, ricordo ancora come ci si sente. E l'idea che i miei figli non ci sono è ciò che mi fa più male da quando mi sono risvegliata.

«Però, una volta te ne parlai anch'io», riprende la mia amica. «Ero troppo sconvolta perché, quel pomeriggio, avevo visto un documentario al giornale…»

«Oh, que-llo in ori-gi-nale non anco-ra doppia-to?»

«Esatto!»

«E, qui-ndi, quel cuo-re inci-so con la da-ta e le ini-ziali sul bo-rdo del tavo-lino esiste da-vvero?»

Sòfia mi fissa come se non capisse.

«Quale cuore? Non ricordo niente del genere».

Chissà perché rimango delusa.

«Allora de-ve esse-re un par-to della mi-a fanta-sia. Te l'ho de-tto. Ho rie-la-bora-to le cose a modo mio».

Mi prende le mani e me le stringe. Ho un'altra domanda sulla punta della lingua.

«Sòfia, tu… tu l'hai mai vis-to?»

«Chi?»

«L'uo-mo con cui mi so-no scontra-ta…»

«L'ho visto quando è avvenuto l'incidente, ma ero troppo sconvolta e preoccupata per te e non ho fatto caso a lui. Poi, l'ho incontrato un'altra volta».

«Do-ve?»

«Qui, in corridoio. A ripensarci, deve essere stata proprio quella volta in cui ti raccontai del video sulle Torri Gemelle. Io stavo uscendo dalla tua camera e lui, invece, stava arrivando, con un pacchetto in mano. Luana mi aveva riferito di avergli concesso di venirti a trovare, così non ho detto nulla. Ci siamo solo incrociati con gli sguardi».

«Qui-ndi, non gli hai mai parla-to?»

«No».

Rimaniamo ancora un po' in silenzio. Poi, entra l'infermiera. L'orario per le visite è giunto al termine.

Quando Sòfia se ne va, sento un vuoto invadermi l'anima. Nella mia mente c'è ancora una gran confusione. Ho come la sensazione che, da un momento all'altro, potrei essere di nuovo inghiottita in un'altra dimensione, in bilico fra il sogno e l'incubo.

Poco dopo entra Laura e mi sorride. La sua sola presenza ha il potere di rasserenarmi.

«Buonasera, cara. Come andiamo?»

«Non tro-ppo be-ne».

Dopo aver controllato la mia flebo e altri parametri vitali che scrive su una cartelletta, viene a sedersi accanto a me.

«È normale, sai? Se ti va, possiamo parlarne. È il mio turno, perciò abbiamo tutta la notte a disposizione».

Le sorrido, grata per la sua gentilezza.

«Sai, eri pre-sen-te nei mi-ei so-gni».

«Davvero?», esclama contenta. «E come mi sognavi?»

«E-ri una stu-dente-ssa che ama-va legge-re e, a vol-te, ti consi-glia-vo dei li-bri».

«Wow! Ci hai azzeccato, sai? Adoro i libri, soprattutto i romanzi; durante le notti ti leggevo spesso qualche brano. Fra i tuoi parenti e me, qui, ti abbiamo organizzato una piccola biblioteca!»

«Per ca-so, mi legge-vi brani de-lla Bron-të?»

«Certo che sì! Charlotte Bronte è una delle mie scrittrici preferite! Qui hai Jane Eyre, Shirley e Villette».

«Appe-na mi ripre-ndo, do-vrò le-ggere gli ulti-mi due... ri-cordo so-lo alcu-ne fra-si».

«Calma, tesoro... avrai tempo! Devi solo avere un po' di pazienza e tornerai a fare tutto quello che ti piace e anche di più!»

«Lo so. È che mi se-nto così stra-na, co-sì confu-sa che ho diffi-col-tà a cre-dere che torne-rò come pri-ma».

Parlare mi costa ancora fatica, ma ho un estremo bisogno di confidare i miei timori a qualcuno.

«È solo una sensazione. È troppo presto, ti sei risvegliata da pochi giorni. La ripresa, in questi casi è lenta e graduale, ma tu hai già fatto passi da gigante».

«È diffi-cile da spie-gare. È come se ne-lla mia men-te ci fosse-ro tan-te mi-nusco-le tesse-re di va-ri puzzle. E ogni puzzle è una de-lle vite che ho vissu-to, in sogno e ne-lla realtà. Ma sono me-scola-te fra loro. Non rie-sco più a di-stingue-re cosa è rea-le e cosa no. So-no ri-masta appesa, lega-ta a persone e situa-zio-ni che non esi-stono».

Laura sospira.

«Per caso, ti riferisci ai bambini e al tuo essere madre?»

«Non solo, ma que-lla è la co-sa che fa più ma-le». L'immagine quasi reale di Emma e Lucas mi procura una stretta all'addome e mi fa scivolare una lacrima.

«Quell'idiota della caporeparto! È tutta colpa sua».

«Non vo-glio dar-le colpe. Imma-gino la di-spera-zione di que-lla donna».

«Sì, questa è l'unica giustificazione che riesco a trovare per il suo comportamento irresponsabile. La paura di perdere i suoi figli. Il suo ex marito è una persona davvero ignobile! Non gli è bastato condurre una doppia vita per anni, ora pur di togliere la custodia dei bambini vorrebbe farla passare per una squilibrata. E, certo, se si venisse a sapere cosa ha combinato qui dentro, questo non l'aiuterebbe».

«Ti prego... non vo-glio che si sa-ppia. Que-llo che sta passa-ndo è già la peggio-re punizione».

«Sei generosa, cara, una gran bella persona».

«Una gran be-lla perso-na che sta spro-fonda-ndo».

Laura mi prende una mano. Il calore della sua pelle è già un conforto.

«La mia cara nonna, buonanima, mi diceva spesso una frase che mi è stata di grande aiuto nei momenti peggiori. *Quando senti che ti manca il terreno sotto i piedi, allora è giunto il momento di volare*».

18

-2002-

Emetto un lungo sospiro.

«Papà, ho capito. Sei stato più che chiaro. Fino allo sfinimento. Avrò cura di me, non starò in giro troppo a lungo e riposerò a sufficienza. Senti... non stare in apprensione, quante probabilità ci sono che io abbia un secondo incidente in aeroporto e di tornare in coma?», dico spazientita in risposta all'ennesima raccomandazione.

«Poche?», ribatte cercando di smorzare i toni.

«Nessuna, papà, non mi capiterà niente. Stavolta andrò a New York. Se adesso mi lasci andare, forse non perderò il volo».

«Meg, quest'uomo... non lo conosci nemmeno. Ancora non capisco perché devi andare dall'altra parte del mondo per parlargli. I sogni che hai fatto, non dovresti dargli credito. Potresti rimandare, partire ad agosto con tua sorella Luana, quando sarà in ferie, sarebbe felice di accompagnarti. Non mi piace che tu parta adesso, ti sei rimessa in piedi da poco. Io e tua madre saremmo più tranquilli se non fossi sola».

«Papà, non vado a New York per lui. Sai bene che era un viaggio programmato da tempo. Ti prego, lascia che affronti questa cosa. È solo una vacanza, sono stata davvero sfortunata la prima volta, ma migliaia di persone partono ogni giorno. Ho venticinque anni, non sono una bambina. Ho già perso un anno della mia vita, non è più tempo di rimandare. Non mi succederà un bel nulla, ci sentiamo domani. Abbracciami per favore».

«Fa' buon viaggio, chiama immediatamente quando arrivi!»

Lo saluto agitando la mano e mi avvio sorridente al mio terminal. Cammino cauta guardandomi intorno, mio padre mi ha messo ansia. Questi due mesi sono stati difficili, tra fisioterapia, logopedia e vai e vieni dall'ospedale. Sto finalmente riacquistando le forze e nemmeno io voglio vanificare gli sforzi fatti.

Mi metto in coda per i controlli e sorrido quando supero la vigilanza, essere giunta al duty free è già un successo. Prendo un caffè macchiato e mi metto a sedere nei pressi dell'imbarco. La mia famiglia mi è stata vicina, e capisco quanto sia stato difficile per loro aver creduto di perdermi. Non vado a New York per i sogni che ho fatto mentre mi trovavo in quello stato, non ci vado per conoscere Marco, voglio solo portare a compimento questa tappa della mia vita. Devo vedere la mia città natale, questo è rimasto un chiodo fisso anche se tante cose in me sono cambiate.

Quest'esperienza mi ha segnata, ora mi sento come se la mia personalità non avesse ancora trovato un equilibrio. In qualche maniera essere stata adulta nei miei sogni mi ha reso più matura e al contempo mi ha appesantito come se si fosse trattato di un'esperienza reale. Ad esempio, l'idea del matrimonio mi fa paura, ho provato davvero quel dolore ed è difficile scrollarmelo di dosso. Guardo la vetrina di una libreria e ricordo il mio grazioso negozio immaginario.

Ieri ho preso una difficile risoluzione, era un dubbio che mi tormentava da tempo, non ero sicura che fosse la mossa giusta, ma l'ho fatto: ho chiamato Jacopo. Sentire la sua voce è stato strano, ma dovevo superare l'astio insensato che nutrivo nei suoi confronti. Vero, si è arreso, ma non ha fatto niente di male.

Ha pianto al telefono, ma ha preferito non incontrarmi. Ha detto che non se la sente. Mi ha spiegato che ha vissuto una specie di lutto e mi ha raccontato che sta finalmente trovando serenità con la sua nuova compagna. Ho provato un pizzico di gelosia quando mi ha parlato di lei. Non credo che saremo mai amiche. Ha cambiato idea sulla libreria, ora ha avviato le trattative per prendere un locale in gestione a Roma, aprirà una caffetteria che fa da internet point, dice che il mercato è favorevole per questo tipo di attività; che quest'esperienza gli ha insegnato che deve soltanto guardare al futuro. Ci siamo salutati facendoci i migliori auguri per un futuro radioso.

Ci siamo detti addio, in pratica.

Lui lo aveva già fatto, io non ancora.

Mi sono detta che, alla fine, è davvero uno stronzo ma sono felice per lui. Sentirlo non mi ha rattristata particolarmente, era un capitolo da chiudere, anche da parte mia, una situazione rimasta in sospeso, da definire. Era importante perché io potessi andare avanti.

Perché mentre dormivo il mondo ha continuato a girare. Questa storia sarebbe comunque finita, prima o poi mi sarei accorta della sua inconsistenza e del suo essere incentrato solo su se stesso.

Non era per me. Punto. Buon per lui che ora sta bene.

E dal canto mio, devo ancora capire chi sono.

Finalmente la compagnia aerea apre l'imbarco e mi accodo tra i primi della fila, percorro la passerella, salgo sull'aereo e prendo posto accanto al finestrino. Accanto a me c'è una coppia che chiacchera animosamente, credo siano in viaggio di nozze. Discutono sul pernottare o meno dai parenti. Mi giro dall'altra parte, non sono in vena di assistere a litigi coniugali.

L'aereo si riempie e si solleva un boato di voci unito a bagagli che vengono trascinati sul corridoio per poi essere sbattuti sui sedili e depositati sulle cappelliere. La voce stridente del comandante viene fuori dall'altoparlante seguita da quella di un'hostess.

Sono un po' a disagio e confusa, ma aspetto pazientemente che tutti i passeggeri si mettano a sedere, forse dovevo imbarcarmi per ultima.

Uno steward con una chioma ingellata passa vicino al mio sedile a controllare che le cinture siano allacciate, gli mostro la mia facendo sfoggio di grande serenità. Appena va oltre metto le cuffiette che trovo in dotazione, i rumori forti mi disturbano ancora.

Mando un messaggio a Laura, l'infermiera dell'ospedale, prima di spegnere il telefono. Tutto l'organico del Gemelli di Roma mi è stato vicino durante la riabilitazione, ma con Laura si è creato un rapporto speciale di confidenza. Siamo uscite insieme un paio di pomeriggi ed è nato un rapporto d'amicizia, trovo che sia una persona deliziosa.

Mi ha scritto chiedendomi di tenerla aggiornata. Glielo devo, è andata un po' contro le regole per mettermi in contatto con l'ex caporeparto dell'ospedale. Ha capito che dovevo sapere quante più cose possibili sull'uomo che mi ha investita e che mi ha virtualmente portato a New York.

È una romantica anche lei e ha compreso le mie speranze.

La signora Moranti invece non è stata disponibile come speravo, ma sono riuscita a estorcerle alcune informazioni essenziali. Marco Innocenti ha davvero un ristorante, si chiama "Centineo, Italian Restaurant", è sull'8th avenue.

Le ho chiesto dei suoi bambini ed è stata evasiva, non credo stia andando proprio bene. Quando l'ho ringraziata ha soggiunto allusiva: «Ha due occhi azzurri difficili da dimenticare, quel ragazzo lì».

Quegli occhi! Mi tormentano. Non so davvero come reagirà nel vedermi e non so neppure che effetto mi farà guardare davvero quegli occhi. Mi ridico che è uno sconosciuto e che voglio solo ringraziarlo per le visite e i regali, ma mi manca tremendamente.

Devo entrare nell'ottica che ho vissuto una pseudo-storia d'amore a senso unico, che lui non ha idea...

Forse incontrarlo mi aiuterà a razionalizzare i miei sentimenti, a prendere le distanze da questa parte del sogno che non riesco a dimenticare.

Subito dopo aver sentito Jacopo, ieri pomeriggio ho chiamato Sòfia. Sta bene, il suo lavoro le piace e continua a piacerle il ragazzo che frequenta. Era molto positiva in proposito.

Abbiamo parlato molto e le ho confidato le mie ultime rimostranze nell'andare a trovare Marco Innocenti, una volta giunta a New York.

Per lui non sono nessuno, questa è la verità che mi assilla e mi priva della pace.

Sòfia mi ha incoraggiata a cercarlo, secondo lei non può che fargli piacere vedermi viva, in salute. «Il resto si vedrà», ha detto soltanto.

Luana, ovviamente, non l'ha trovata una grande idea, teme che io possa confondermi e che già andare a New York adesso getterebbe nel caos la lucidità ritrovata, figuriamoci rientrare in contatto con l'uomo che mi ha destabilizzata nei sogni.

È preoccupata e ci sta, era convinta di aver perso una sorella e, come mia madre, mi tratta come una persona fragile adesso. Non le biasimo, sarei anch'io così se fosse capitata una cosa del genere a qualcuno di loro.

Il consiglio che ho apprezzato di più è stato quello della piccola Emily: «Se è bello, va' a fidanzarti con lui! Non correre e portami le ciambelle!»

Siamo in volo da un po', aspetto che buona parte dei passeggeri si assopisca e per il resto del viaggio mi dedico alla lettura. Devo recuperare il tempo perso. Ogni tanto sonnecchio anch'io, ma mi sveglio di soprassalto temendo di ricadere nei miei incubi. Non mi è più capitato, non ho fatto sogni strani da quando mi sono ristabilita, se non Marco. Ho sognato un paio di volte che veniva a trovarmi... e nei sogni con lui va sempre a finire in un modo...

Il comandante annuncia che siamo atterrati e mi sembra un déjà-vu, sto rivivendo questi momenti una seconda volta, so che non è vero, ma quei ricordi si sono innestati nella mia memoria e non posso farci niente, devo riuscire a conviverci.

New York è splendidamente assolata e caotica e, per quanto la mia immaginazione abbia ricostruito bene questo luogo, sono stupita da ogni dettaglio, ogni tabellone pubblicitario. Rimango senza fiato davanti all'orizzonte piatto e sono sopraffatta dalle dimensioni degli edifici, delle strade, non a misura d'uomo, così diverse da Roma.

C'è così tanto da vedere che non ho idea di come farò in sole due settimane. Forse non è prudente da parte mia non riposare dopo il volo, ma quando arrivo nella mia camera d'albergo ho un grande desiderio di esplorare a partire da subito.

Prendo dalla mia borsa il ventaglio di carta e ne accarezzo i contorni.

So che avevo deciso di inserirlo nel mio programma solo più in là, dopo il Central Park, dopo Brooklyn, dopo la Statua... in cuor mio spero però di poter vivere con lui questi momenti, è una follia ma ne sono certa ora che sono qui: Marco sarà la mia prima tappa, devo conoscerlo, ho bisogno di parlargli.

Mi rifaccio il trucco, ma un trucco leggero. Sono già molto bella, sono giovane, non sono mai stata così sicura del mio aspetto. Nei miei sogni ero invecchiata di vent'anni e ritrovarsi una ragazza al risveglio è stato fantastico, come un viaggio nel tempo, dopo avere avuto quarantatré anni adesso apprezzo ciò che sono e sono grata del mio aspetto.

Prendo un taxi che mi lascia proprio davanti al suo ristorante; non è su un grattacelo come lo avevo sognato, è un locale su strada. È molto carino, lo stile italiano è molto enfatizzato dai lampadari antichi, il tovagliato bianco con i ricami e i quadri classici che ritraggono nature morte appese alle pareti.

Prendo posto a un piccolo tavolo per pranzare e cerco di trovare Marco. La sala è spaziosa e fa una curva, la mia visuale non è completa. Non lo vedo. Potrebbe anche non essere qui dopotutto.

Ordino un'acqua grande e dei tortelloni al ragù di cernia, che mangio tendendo un occhio al personale e fissando la zona d'ingresso.

Le porte si aprono, entra un uomo con la sua fisionomia e sobbalzo sulla sedia, non sono sicura si tratti di lui, il ricordo che ho non è ben distinto.

Ricordo le mani, gli occhi, la sua statura e il sorriso, ma l'insieme è un po' sfocato. Seguo i suoi movimenti e quando vedo che dà direttive al personale capisco che si tratta proprio di lui. È il mio Marco.

Faccio un cenno per attirare la sua attenzione e si avvicina con eleganza al mio tavolo.

Ora distinguo bene quegli occhi azzurri. Quant'è bello!

Si ferma davanti a me e mi fissa sconvolto.

«Scusi, lei mi ricorda... Margareth, sei tu?», balbetta.

«Sì, puoi chiamarmi Meg».

«Devo sedermi, posso?»

«Fa' pure, molto lieta», dico porgendogli la mano. Mi guarda come fossi un'allucinazione. Mi sento osservata, il personale è chiaramente incuriosito dalla situazione. C'è una donna riccia dietro al bancone bar che non fa che guardare, ma non m'interessa. Non mi curo di nulla. Sono qui con lui, ora.

«Sei sveglia!», dichiara scuotendo il capo «Non riesco a crederci, non sai quanto questa storia mi abbia procurato pena».

«Sì, sono sveglia finalmente» dico ridendo. «So che sei venuto a trovarmi diverse volte, grazie».

«Spero di non essere stato inopportuno. Ero affranto, tu sei così giovane, il pensiero di averti quasi uccisa… sai, non mi faceva dormire la notte. Non sai che gioia mi dai. Sono felice che tu stia bene, i dottori non ci speravano, ma io avevo la sensazione che tu mi sentissi e che ogni tanto mi vedessi. Aspetta… tu mi hai riconosciuto?»

«Sì, è così, ero in uno stato di coscienza minima, ma qualcosa mi è arrivata. Ho rielaborato tutto ciò che avevo intorno in maniera distorta, quando mi sono svegliata pensavo di avere quarantatré anni e di avere dei figli, è una lunga storia».

«Incredibile, ha del miracoloso. Cosa ricordi di me?», chiede poi imbarazzato versandosi dell'acqua.

«Credo che tu abbia contribuito alla parte piacevole di ciò che sognavo e che credevo di vivere davvero. So che mi parlavi di New York e io sognavo di essere qui in viaggio e di passeggiare con te per i luoghi di cui tu mi parlavi. E poi sognavo di svegliarmi ed essere grande, di vivere a Roma con la mia famiglia. È troppo complicato da spiegare qui su due piedi».

«Sì, complicato! Sembri stare benissimo, però».

«Ho fatto logopedia e fisioterapia, ma ora sto bene».

«Ci speravo, credimi. Non sono molto credente, ma ho pregato per te. Avevo raccolto notizie su di te, i tuoi non ne volevano sapere di vedermi, ma corrompendo qualcuno del personale ho capito che sei nata qui e che volevi tanto tornarci. Così, quando ne avevo l'opportunità, ti parlavo dei miei luoghi preferiti…», cerca di distogliere lo sguardo da me, ma non ce la fa.

«E della tua storia personale… è così?», chiedo.

«Caspita. Mi dispiace, sì. Non credevo che tu potessi ricordare, non ero sicuro che potessi capire. Mi sono aperto, sono mortificato».

«Non hai nulla di cui scusarti, sono qui per quello, per me è fondamentale capire cosa era vero e cosa no».

«Capisco, sì. È giusto».

«È vera la storia di tuo padre?», chiedo a bruciapelo.

«Se ti riferisci al fatto che alla sua morte ho scoperto di non essere suo figlio, sì, tutto vero».

«Mi dispiace tanto per la sua morte».

«E a me di averti usata come confidente anche se eri un'estranea».

«Sognavo che ci scontravamo in continuazione e questo immagino sia perché ci siamo scontrati davvero in aeroporto».

«Sì, scusa ancora».

«Poi ho sognato che eravamo nello stesso albergo».

«Una delle volte in cui sono venuto a trovarti, ti ho portato una colazione americana e ti ho parlato dell'hotel in cui alloggiavo nei miei primi giorni qui. Di Bill, uno dei membri dello staff con cui oggi sono in ottimi rapporti. Meg, io speravo che ti svegliassi presto», dice afflitto.

«Lo so, stai sereno, non ne dubito. Ho anche sognato che andavamo a cena insieme, al Coleman», proseguo.

«Questo è perché ti ho tessuto le lodi del mio ristorante preferito», risponde divertito.

«Bene. Perfetto, tutto fila. Poi ho sognato che andavamo a vedere The Phantom of the Opera, a Broadway. Ho trovato i biglietti nel comodino dell'Ospedale».

«Una volta ti ho portato un nastro e ti ho fatto sentire alcuni brani di quello spettacolo. Sì...», continua mortificato «Ti ho preso i biglietti. Non saprei dirti l'effetto che mi facevi. Non so cosa diavolo mi sia passato per la testa».

«Smettila di scusarti, per me è importante capire e basta», dico comprensiva.

«Mi dispiace di averti confusa, solo questo».

È così tenero. Sorvolo sul fatto che ho sognato di fare sesso con lui.

«Poi ti ho parlato del Central Park... Credo di averti stordita a proposito di un pic-nic».

«Non preoccuparti, è stato bello», dico guardandolo intensamente.

«Cosa? Cosa è stato bello?», esita.

«Conoscerti, passare del tempo con te, anche se in questo strano modo... Mi sembra di conoscerti davvero, quando ho capito di avere immaginato tutto mi è sembrato di perdere qualcuno», ammetto.

China la testa e non risponde.

«Vieni», dice cambiando tono all'improvviso «Voglio farti conoscere la mia ragazza. È qui».

«Ah, ok. Ma certo», dico spiazzata e lo seguo. Ora capisco perché quella tipa mi fissava.

«Raily, lei è la ragazza di cui ti avevo parlato. Quella dell'incidente a Roma. È guarita! Meg, lei è Raily», ci presenta.

«Molto piacere», mi esce un tono di voce tra l'intimidito e l'imbarazzato.

«Piacere mio. Che grande notizia vedere che stai bene. Marco si sentiva in colpa per l'incidente. Credevo fosse una situazione irreversibile... e invece eccoti qui, che meraviglia!», dice sorridendomi.

«Dove alloggi? Potrai venire qui tutte le volte che vorrai», le fa eco Marco.

«Alloggio al Backu, sulla settima».

«Ci conto», dice serio.

«Lo farò, grazie per l'offerta», annuisco e cerco di sorridere.

«Ordina pure tutto il menù, offre la casa. Sono in debito e ora dobbiamo festeggiare».

«Vi ringrazio, ma non ho più molta fame. I ravioli erano buonissimi, ma sono piena. Poi, ho una serie d'impegni, starò qui solo per due settimane e non so da dove iniziare. Magari un'altra volta. Ero solo di passaggio e volevo farti sapere che sto bene».

Fissa il mio collo e solo ora nota la mia collana. L'allegria che ostenta si tinge di malinconia.

Corro impacciata al mio tavolo per prendere la mia borsa.

«A presto», dico sbrigativa.

«Aspetta. Ti accompagno fuori», interviene Marco.

«Non è necessario, tranquillo».

«Insisto».

«Come vuoi tu. Ciao Raily, è stato un piacere».

«Torna quando vuoi», mi dice Marco, una volta fuori dal ristorante.

«Grazie, gentilissimo».

Si avvicina al mio orecchio mentre sto per andare e con le mani sfiora la collana sul mio collo.

«Devi perdonarmi, mi sono spinto troppo oltre, tu eri in quello stato. Così bella e così inerme. Io ero stravolto. Non dovevo baciarti».

Cerco d'interpretare la sua espressione. Mi ha scioccata, non so che dire.

Allora forse non ho fantasticato troppo.

19

-2020-

Mi sveglio di soprassalto. Il rumore tonante di un colpo di bacchetta sul tamburo ha interrotto in modo brusco il mio sogno. Peccato… ho la sensazione che la dimensione onirica che ho appena abbandonato fosse piacevole. Non posso dire altrettanto della realtà.

Mio Dio. Svegliarsi da un bel sogno per entrare in un incubo. Conosco bene la sensazione. Non pensavo mi sarebbe accaduto ancora. Non credevo che sarebbe accaduto davvero. Faccio un po' di fatica ad alzarmi la mattina. Un senso di vertigine accompagna i primi istanti del mio corpo in posizione verticale. È una piccola conseguenza del mio viaggio in terra di confine fra la vita e la morte. Sono trascorsi diciotto anni da quando mi sono risvegliata dal coma, ma mai come in questi giorni mi è capitato di riprovare certe emozioni.

Indosso la mia veste da camera e vado in cucina. I ragazzi sono chiusi nelle loro stanze. Alberto sta suonando la batteria, è lui che mi ha svegliata; Mary, invece, sta studiando. Fra qualche istante la "piccola" uscirà inferocita dalla sua camera per andare a staccare la spina allo strumento del fratello, urlando che non riesce a concentrarsi a causa del frastuono. In questo periodo non vanno a scuola. Siamo tutti chiusi in casa e viviamo in una situazione che ha del surreale.

Vado in cucina e mi faccio il caffè con la mia piccola moka. È un'abitudine a cui non sono riuscita a rinunciare. Una tradizione che per i milioni di italiani che vivono all'estero ha più a che fare con il cuore che con il gusto. L'aroma inconfondibile del caffè, fatto come piace a noi, ha il potere di trasportarci per pochi istanti fra le pareti di casa, quelle in cui siamo nati e cresciuti; e anche se, come nel mio caso, la scelta di vivere altrove è frutto di libertà e consapevolezza, è bello portare con sé le proprie origini. Ho sempre pensato che non puoi andare lontano se non hai ben presente chi sei e da dove vieni.

Verso il caffè bollente nella tazzina e la porto con me. Mi piace godermi l'odore prima ancora del sapore. Mi accosto alle grandi vetrate del soggiorno e guardo fuori. New York si stende dinanzi ai miei occhi... la città in cui sono nata e in cui ho scelto di vivere, la città del mio cuore. È bella come sempre, ma insolitamente silenziosa.

Sono tornata qui dopo un anno dal mio primo incontro reale con la Grande Mela. Sono arrivata con la mia Green Card, un piccolo gruzzolo messo da parte grazie a dei lavoretti saltuari e ai risparmi dei miei genitori e la ferma intenzione di restare. L'incidente che mi ha quasi spedita all'altro mondo mi ha fatto capire che il tempo è prezioso e non possiamo sprecarlo. Ho scelto di provare a realizzare i miei sogni. E ho aperto una libreria a New York.

Marco è stato di parola. Prima di lasciarmi andare, mi aveva detto che avrei sempre potuto contare su di lui, e così è stato. Dal primo momento in cui ho rimesso piede in città, mi ha aiutata a trovare un monovano in affitto, i locali per l'attività, mi ha affiancata nelle pratiche per ottenere i permessi e a prendere i contatti con i distributori. Non so se, senza il suo prezioso aiuto, sarei riuscita nell'impresa, pur con tutta la mia buona volontà.

La mia piccola libreria indipendente è un ritrovo per sognatori: "The House of Dreamers" è un angolo di Manhattan dove puoi sorseggiare una bevanda rilassante mentre sfogli le pagine del tuo libro preferito e, quando dico che è esattamente come l'avevo sognata, non tutti comprendono quanto ciò sia vero in senso letterale.

All'inizio è stato difficile, le spese erano alte e non veniva molta gente. Le vendite erano scarse e l'attività era in perdita. Chi entrava una volta, però, ritornava. E, spesso, portava un amico. Mi sono creata con il tempo una cerchia di clienti affezionati, con i quali alterno consigli su buone letture a chiacchiere di vario genere. Ho cominciato a organizzare presentazioni di libri scritti da autori emergenti, non ancora noti al grande pubblico, e ho partecipato a varie iniziative ed eventi culturali. La mia libreria è divenuta un piccolo caffè letterario, dove a volte giovani narratori vengono a scrivere e a scambiarsi idee e opinioni. Ma la frequentano anche impiegati, segretarie, baby-sitter, uomini e donne d'affari, pensionati, studenti... tutto quel vario microcosmo di umanità di cui è fatta New York.

Qualche anno fa, con l'aiuto di mio figlio Alberto, che è sempre stato un piccolo genio del computer, ho creato anche il sito della libreria. E, grazie a questo e alle pagine social, sono riuscita a restare accanto ai miei clienti anche in questo periodo di chiusura forzata. Molti di loro mi ringraziano di cuore per i consigli che continuo a dare e per le idee che seguitiamo a scambiarci. Nel buio profondo in cui stiamo vivendo nascono nuove visioni, nuove modalità per stare vicini nella lontananza, nuove sinergie per affrontare il duro momento.

Dopo un paio di anni dal mio trasferimento qui, mi sono sposata. Alberto è arrivato quasi subito, dopo undici mesi di matrimonio. Poi, abbiamo provato in tutti i modi ad avere il secondo figlio, ma non sono più riuscita ad avere una gravidanza. Per mio marito non sarebbe stato un problema, io invece l'ho vissuta come una perdita. Ero stata madre di due figli in una vita parallela, una vita che per me non era stata solo un sogno, anche se è difficile da spiegare a chi non ha vissuto l'esperienza. La mancanza del secondo figlio mi era troppo difficile da accettare, dunque abbiamo fatto le pratiche per l'adozione. Ricordo ancora il giorno in cui mi misero fra le braccia Mary, un frugoletto di quindici giorni che mi fissava con i suoi grandi occhi marroni e che si strofinava a me con la sua pelle vellutata color cioccolato. Sentii una fitta al basso ventre, il mio utero che faceva strani movimenti, proprio come se l'avessi partorita in quel momento.

Mary è quella che mi somiglia di più, adora leggere e ama trascorrere del tempo con me in libreria. A dodici anni scrive in uno stile tutto suo pensieri che, a volte, mi sorprendono per la profondità e la maturità che rivelano. Qualche giorno fa, mentre sistemavo la sua camera, mi è caduto in terra il suo diario. Si è aperto e non ho potuto fare a meno di leggere quello che aveva scritto su quella pagina:

La vita è fatta di connessioni strane. Se mia madre non fosse stata in coma e non avesse sognato di avere due figli, forse io oggi non sarei con loro e non farei parte della mia famiglia felice.

Un giorno, quando avrò la capacità di affrontare il discorso senza piangere come una fontana, le dirò che avrebbe comunque una famiglia felice, perché è il dono della sua presenza a regalare felicità.

Guardo ancora all'esterno, attraverso il vetro. I miei figli sono il dono più prezioso, è vero. Ma lo sono anche mio marito, la mia famiglia d'origine, i miei amici, tutte le persone che mi sono state vicine e mi hanno dedicato un po' del loro tempo, un pensiero, una preghiera. Se non fosse stato per loro, che mi hanno tenuta in vita, forse oggi non sarei qui. Ogni singolo istante è un dono. Io lo so. E lo sanno anche tutte quelle persone che stanno lottando lì fuori in questo momento.

È un male oscuro che ha invaso il mondo e ci ha messo di fronte a tutta la nostra fragilità e impotenza. È come se volesse dirci che noi non siamo nulla e niente possiamo, se non chiuderci nel nostro dolore. Ma non è così. C'è un punto, un limite che è il culmine del dolore. Quando lo raggiungi, hai solo due possibilità. Arrenderti e affogare nella disperazione, oppure rimboccarti le maniche e lottare per ogni singolo respiro. E quando ci sarai stato talmente a contatto da essere riuscito a fartelo quasi amico, il dolore comincerà a lasciarti andare.

Mia amata New York, ti sei rialzata dopo quella grande ferita dell'11 settembre, lo farai anche adesso. L'intera umanità sta lottando per rialzarsi. Appoggio una mano sul vetro, come se volessi toccare tutte le altre mani, lottare insieme a tutte le altre anime del mondo. Mi assale un impeto di commozione, trattengo a stento il pianto. Mi succede spesso ultimamente, ho letto che succede a molti... è una reazione psicologica collettiva.

Le chiavi girano nella serratura, la porta d'ingresso si apre. Mio marito sta rientrando dopo una notte trascorsa fuori. È pallido, ha gli occhi stanchi.

«Buongiorno» mi saluta, rimanendo a distanza. È ricoperto da una tuta plastificata e una mascherina che lo rende quasi irriconoscibile. I suoi occhi che mandano lampi azzurrognoli, però, li riconoscerei ovunque. In questo momento sono circondati da occhiaie di stanchezza e gli danno un'aria cupa che non gli si addice.

«Buongiorno. Com'è la situazione?»

«Scusa, ma preferisco non parlarne», mi risponde a malapena. «Vado a lavarmi e...»

«Vuoi un po' di caffè?»

«No, grazie. Ho bisogno solo di qualche ora di sonno».

Marco mi manda un bacio con un cenno della mano e scompare in corridoio. Il nostro ménage non è stato proprio idilliaco come nel mio sogno. Litighiamo spesso, perché abbiamo entrambi dei caratteri forti e testardi. Ma il nostro legame è profondo e nel corso del tempo è maturato andando oltre la passione dei primi tempi. Forse, è stato così proprio perché è nato in una dimensione ideale e incorporea, fatta di parole e di una vicinanza che è andata al di là della fisicità.

Quando sono tornata a New York, per molti mesi, ci siamo amati in silenzio. Ci frequentavamo da amici, senza mai avere il coraggio di confessarci i nostri veri sentimenti, mentre lui manteneva il rapporto con l'altra donna. Lei però non riusciva a nascondere la sua gelosia nei miei confronti e con lui erano continue scenate.
Una volta è venuta persino in libreria. Ricordo ancora il male provocatomi dalle parole di lui, mentre cercava di convincerla del fatto che fra noi ci fosse soltanto amicizia.
Realy, fra le lacrime, continuava a chiedergli di scegliere fra lei e me. Dopo quel giorno, Marco si è allontanato per diverse settimane. È stato il periodo più duro, quello in cui mi sono sentita più sola e in cui più forte è stata la tentazione di mollare tutto e tornare a Roma. Mi mancavano i miei genitori, le mie sorelle, Sòfia. Eppure, anche in quei momenti, non ho avuto la forza di lasciare New York, questa città che è entrata nelle mie viscere e nei miei pensieri.
In quei giorni ascoltavo spesso la canzone dei R.E.M., "Leaving New York"... E il significato di quelle parole rimbombava nella mia testa.

È più facile lasciare che essere lasciati,
lasciare non è mai stato il mio orgoglio
lasciare New York non è mai facile,
ho visto la vita che si dissolveva.

Adesso la vita è dolce
e ciò che porta

ho cercato di prenderlo.
La solitudine
mi logora dentro,
giace sulla via.

E sulla nostra perdita ancora nei miei occhi
un'ombra, una collana attorno alla tua gamba
devo aver vissuto la mia vita in un sogno,
ma lo giuro,
questo è reale.

Nel mio futuro ci sono alcune ombre come il vetro,
ma porto avanti il tuo futuro
dimentico il passato
ma sei tu,
è quel che provo.

Fu in un pomeriggio piovoso, proprio mentre canticchiavo quelle strofe, che Marco tornò a trovarmi in libreria. Si scusò per quanto era accaduto. Disse che aveva provato ad allontanarsi da me, per amore della sua donna, ma non c'era riuscito. Il legame che sentiva di avere con me era troppo forte e aveva detto a Raily che se voleva continuare a stare con lui doveva accettarlo, come si accetta una madre o una sorella.

Dunque era tornato da me, ma come un amico, addirittura un fratello. Forse sarebbe stato meglio se non fosse tornato, mi dissi. Ma non era così. La sua presenza era comunque importante, compresi che era anche grazie a lui se consideravo "casa" quel luogo.

Continuammo così, finché, un giorno un cliente non cominciò a corteggiarmi in maniera esplicita. Era un giovane intellettuale, dall'aria sempre un po' arrabbiata ma pieno di impegni e di iniziative. Con lui iniziai a uscire, andare al cinema, al teatro, a svagarmi un po'. Da quando ero arrivata a New York la mia vita era stata solo lavoro e... Marco.

Conobbi gente nuova e di tutti i tipi. Era quella la linfa vitale di New York, l'anima di questa città cosmopolita. Man mano che mi ritagliavo un mio spazio e una mia vita, mi allontanavo da Marco e lui cominciò a soffrirne. Ma sembrava accettare la cosa come inevitabile, finché una sera John non decise di portarmi a cena proprio al suo ristorante.

Cercai di dissuaderlo, ma non ci riuscii, era orgoglioso di aver già prenotato nel migliore ristorante italiano di New York! Quando Marco ci vide, venne ad accoglierci ma non è mai stato bravo a fingere. Il suo sorriso di benvenuto somigliava al ringhio di un cane. Sedette al nostro tavolo per mostrarsi cortese, ma dopo un breve scambio di battute quei due sembravano due galli in un pollaio. Per fortuna Marco ricevette una chiamata e dovette allontanarsi.

Il giorno dopo venne in libreria e cercò di convincermi a lasciar perdere quel tipo, perché era troppo idiota per me. Gli risposi che si comportava come un fratello geloso, ma non era mio fratello e non aveva il diritto di dirmi chi dovevo frequentare. Non lo vidi per quasi una settimana. Poi, una sera, tornò a trovarmi in libreria, facendo finta di niente. Dopo la chiusura, mentre mi aiutava a sistemare dei libri negli scaffali, ci siamo "scontrati". Stavolta, però, non sono finita in ospedale, ma dentro un lungo bacio appassionato che gli ha fatto capire che doveva cambiare rotta. Raily alla fine è stata comprensiva, aveva intuito prima di lui. E siamo rimasti amici, al punto che viene spesso in libreria e mi manda clienti.

Qualche anno fa Marco ha perso sua madre, a causa di una malattia incurabile. Il decorso è stato breve e, in quel periodo, si è trasferito in Italia per darle assistenza. In quei mesi anche Giacomo, il suo padre naturale, ha voluto dare conforto alla donna che non aveva mai smesso di amare. Quell'evento drammatico ha avuto il potere di avvicinarli e, da allora, hanno un buon rapporto, sebbene Giacomo non potrà mai sostituire la figura di Alberto, l'uomo che l'ha cresciuto e il cui nome mio marito ha voluto dare a nostro figlio.

Quando, due mesi fa, è stato dichiarato il lockdown totale in città, Marco ha deciso di tenere aperte, pur se in minima parte, le cucine del ristorante. Preparano pasti per i più bisognosi, per i molti che hanno perso il lavoro, per i troppi che non ce la fanno. La sera lui e due o tre del personale, a turno, con un paio di veicoli girano per le strade e li distribuiscono. Riforniscono anche qualche associazione di volontariato. A volte girano anche tutta la notte e lui torna a casa la mattina distrutto nel fisico e, soprattutto, nel morale. Ma dice che, se non facesse così, si sentirebbe ancora peggio. Ed è vero; nelle situazioni difficili, lui odia starsene con le mani in mano, non è il tipo che può rimanere ad aspettare gli eventi, deve fare qualcosa... come quando ha torturato la caporeparto per ottenere il permesso di venire a farmi visita.

Qualcuno mi appoggia una mano sulla spalla, facendomi sussultare. Per poco non ho versato il caffè sul tappeto. Persa fra i miei pensieri, lo stavo ancora sorseggiando.

«Scusa, mamma, non volevo spaventarti».

Alberto mi fissa, ridendo, con i suoi occhi verdi e i capelli lunghi scombinati che gli coprono in parte il viso.

«Non è vero», ribatto. «Dillo che l'hai fatto apposta!»

Il mio figlio maggiore è un ribelle che trascorrerebbe la vita fra scherzi e musica rock. È stancante, ma riesce a portare un po' di allegria in casa, persino in questo frangente.

«Hai finito di suonare quel coso infernale?»

«Batteria, mamma. Si chiama batteria. E no, non ho finito. Però papà mi ha chiesto di farlo riposare qualche ora. Ne approfitto per sistemare due programmi al pc...»

«Perché non ne approfitti per studiare un po'?»

Non mi risponde neppure, è già fuggito in camera sua.

Sorrido e torno a guardare fuori. È venuta giù una leggera nebbiolina che ha reso il cielo bianco e il profilo della città quasi evanescente. Le strade sono deserte, il silenzio è surreale, da lontano giungono solo i latrati dei cani e il lugubre suono delle sirene delle ambulanze.

Per un istante mi sembra di intravedere una grande sagoma nel cielo candido, un'ombra, trasparente come l'aria... è il Fantasma dell'Opera. Sembra che mi sorrida, ma di un sorriso sadico come un ghigno. Eppure... Ho visto e rivisto varie volte il musical qui a New York. E lo so che il Fantasma non è cattivo. Alla fine dell'Opera il Fantasma libera la sua amata Christine e la lascia andar via con l'uomo di cui è innamorata. Lui scomparirà, lasciando come unica traccia la sua maschera bianca.

Torno a guardare il cielo. L'ombra è scomparsa. Non c'è nessuna maschera in giro, solo mascherine che in effetti ci fanno somigliare a dei fantasmi. Luana e Sòfia hanno ragione, ho troppa fantasia. Ma forse è proprio la mia fantasia che mi ha salvata.

Sul vetro adesso vedo solo il riflesso della mia figura, il mio volto stanco e tirato, il mio sguardo in apprensione rivolto sulla città. Il 2020 è ben diverso da come l'avevo immaginato. Ma io so che ti rialzerai, mia splendida città, le tue luci torneranno a brillare e a farci sognare.